Judit
La salvatrice

Jacopo Rosolini

Judit-la Salvatrice

A una persona speciale.......

Judit-la Salvatrice

Immaginatevi un regno
bellissimo e pieno di ricchezze,
paesaggi magnifici e città incredibili.
Ora di quel regno resta poco,
le città sono un cumulo di macerie
e il cielo è ricoperto da una fitta nube nera
che cala un'oscurità irreale.
L'unica salvezza del mondo è una ragazzina
con dei poteri incredibili,Judit.

Judit-la Salvatrice

Prologo

Il regno delle 10 terre è una penisola che confina a sud,a est ed a ovest con il Grande Mare,mentre a nord ci sono delle montagne altissime che lo dividono da terre inesplorate.

Nel regno ci sono delle città bellissime ed è ricchissimo di risorse come marmo,oro e pietre preziose, è popolato dalle più stravaganti creature magiche e non.

Qui vivono elfi, draghi, goblin ed altre creature, insieme a loro ci sono gli umani che sono la maggioranza degli esseri viventi, alcuni di questi uomini hanno capacità magiche come i maghi e le streghe, questa magia è regolamentata in modo che non venga usata per scopi malefici ma c'è sempre qualcuno che se ne infischia e compie azioni terribili coi suoi poteri.

Il regno è formato anche da numerose isole, le due più importanti sono l'isola di Kharus e l'Isola degli Elfi.

La prima prende il nome da una leggenda che dice che sia popolata da strane creature malvagie e che nel vulcano che occupa la maggior parte dell'isola viva un potente demone, Kharus, questa leggenda è dovuta anche al fatto che chiunque provi ad andarci non torna più indietro; la seconda invece è chiamata così perché lì vive la più grande comunità di elfi del regno e si dice che su di essa viva un potente stregone capace anche di ridare vita ai morti, lui sarebbe per questo il mago più potente del regno ma nessuno l'ha mai visto perciò la sua rimane solo una leggenda.

Queste due isole insieme a molte altre più piccole sono veramente al centro dell'attenzione di tutti che vorrebbero sapere di più su cosa accade su di esse ma per adesso nessuno ha mai portato notizie certe, anche perché la maggior parte delle persone partite per esplorarle è morta nel viaggio.

Tutto sommato questo è un regno bellissimo, o almeno lo era finché un demone non ha iniziato a portare il male su questa terra, da quando Marshal, il demone, è arrivato molte città sono state distrutte ed il regno è caduto in una crisi che potrebbe non finire mai a meno che qualcuno non riesca a sconfiggerlo prima che tutto il regno cada sotto il suo potere.

Nessun mago, nessun eroe e nessun cavaliere è ancora riuscito nell'impresa, chissà se prima o poi tutto questo finirà e tutto il regno potrà tornare al suo splendore.

1. Inizio

Benvenuti nella Città di Diamante, capitale del Regno delle 10 Terre, una città gigantesca detta anche la città divina perché alcune leggende narrano che sia stata fondata dagli dei, i monti che la circondano sono ricchi di diamanti e pietre preziose, le sue mura sono invalicabili, fatte di diamante e marmo, era una città magica, dove abitava qualsiasi tipo di creatura e dove ogni anno si svolgevano le olimpiadi magiche, la più importante competizione di magia ed incantesimi al mondo, ma da quando l'oscurità è scesa sulla terra sono state interrotte.

La maggior parte del regno ormai stava cadendo sotto il potere dell'oscuro Marshal, detto il Terribile per tutti gli omicidi e le cattiverie da lui commesse, che ha deciso di conquistare tutto il mondo.

I territori liberi sono ormai in crisi, ogni giorno si combattono battaglie contro l'esercito di demoni e ormai non si contano più i morti per battaglia, eserciti sfiniti costretti a continuare a lottare inutilmente, tutto ormai sembrava perduto.

Marshal costrinse il mago più potente di tutti i tempi a investirlo di tantissimi poteri, poteva fare qualsiasi cosa.

Il mago però prima di essere ucciso fece in modo che prima o poi qualcuno riuscisse a fermare Marshal; fece un incantesimo con le ultime energie che aveva in corpo e fece in modo che sarebbe nata, nella città più piccola e remota del regno, una bambina che avrebbe avuto qualcosa di magico, un potere incredibile.

Affidò al suo allievo Rock il compito di addestrare la nascitura al compimento di 12 anni in modo che avrebbe sconfitto Marshal.

Judit-la Salvatrice

12 anni dopo...

Era una fredda giornata di fine autunno e Judit, la bambina dell'incantesimo, stava parlando con Rock.

«Judit, è arrivato il momento di raccontarti la tua storia,tu ancora non sai ma ti aspetta un lungo viaggio, tu sei nata con un potere magico fortissimo ed il tuo destino è quello di sconfiggere il male ma prima dovrai imparare ad usare la tua magia e per questo andremo prima alla Città di Diamante».

«Mi sono sempre sentita diversa dagli altri della mia età ed ora ho capito il perché, farò il possibile per salvare il regno e sconfiggere il male, non so se ci riuscirò ma farò il possibile per non fallire la mia missione».

Partirono il giorno stesso avevano ben 13 giorni di cammino, prepararono tutto: provviste, coperte, armi e acqua ed iniziarono la loro avventura senza sapere cosa li attendesse.

Dopo poche ore di cammino della piccola città si vedevano solo i fumi dei camini, le case ormai si erano perse dietro gli alberi di arance che circondavano un po tutta la zona.

I due si voltarono un ultima volta ad osservare quello che ormai era il loro passato, si girarono e ripresero il cammino, il sole iniziava a tramontare e il loro viaggio era appena all'inizio.

Poco dopo il tramonto raggiunsero una piccola città molto vivace e dove tutti erano molto gentili chiamata la Città della Luna, che prende il nome da una statua raffigurante la dea Luna al centro della città; i due decisero di trascorrere la notte in una locanda che era molto accogliente e calda.

La città e la locanda erano addobbate a festa in onore del giorno della luna che cade ogni volta che c'è la luna piena, la festa era molto sentita dalla gente del posto che dopo cena si sarebbe riunita nella locanda per ballare e passare la serata accompagnati dalla musica.

Rock chiese al proprietario della locanda una camera per lui e Judit e dato che la voce che lei era la salvatrice si era sparsa, il locandiere li fece dormire nella stanza migliore della locanda, era coloratissima addobbata a festa, nell'aria si sentiva un forte odore di carne e di verdure, tutto era illuminato dal tenue fuoco e dalle torce, i tavoli erano in legno un po' come tutti il resto, era una locanda piccola ma accogliente.

In stanza Judit chiese a Rock di lasciarla un po sola a riflettere, lui scese a bere qualcosa nel salone principale e lei iniziò a pensare al suo futuro

"Ok, forse non sarò pronta, forse non sarò abbastanza matura ma se il mio destino è quello di liberare tutti dall'oscurità,farò il possibile per sconfiggere Marshal e il suo esercito di demoni,imparerò a usare la mia magia al meglio...'', i suoi pensieri furono interrotti da Rock che la avvisava che era pronta la cena.

La sala principale era bellissima, aveva un camino molto grande che scaldava ed illuminava molto dato che l'inverno ormai era arrivato il fuoco era veramente utile per non morire congelati, a fianco del camino c'era un piccolo soppalco dove dopo i musicisti avrebbero animato la festa.

Arrivò la cena, c'era una grossa fetta di carne a testa accompagnata da verdure, i due mangiarono con molta foga, era buonissima carne di cervo appena cacciato.

Finita la cena entrano nella locanda tutti gli abitanti della città accompagnati da un flauto ed un mandolino iniziano a ballare e a fare festa, tranne Judit che era tornata in camera.

Dal suo letto osservava la luna che era splendente e illuminava la stanza, il cielo era privo di nuvole e la luna sembrava che si potesse toccare da quanto era grossa sembrava ad un passo; prima di addormentarsi Judit pensò''E se tutto dovesse andare male? E se tutto questo fosse inutile?, se non ci fosse più nulla da fare ormai...'' poi chiuse gli occhi e si addormentò.

Il mattino dopo Rock andò a pagare ma il locandiere rifiutò il denaro dicendo. <<Per me è stato un onore ospitarvi,quello che state facendo non ha prezzo ma per lo meno concedetemi di farvi riposare gratis,che la dea Luna vi guidi nel vostro cammino>>.

Rock un po' perplesso lo ringraziò e i due ripresero il cammino, mentre lasciavano la città per le strade tutti li auguravano buona fortuna e gli acclamavano in speranza di ricevere presto buone notizie.

Camminarono per altri 2 giorni senza incontrare città o villaggi, le notti si accamparono nei boschi accendendo fuochi e usando le coperte per scaldarsi al meglio che potevano; al tramonto del terzo giorno dalla Città della luna, trovarono una città molto più grande e anche li tutti li riconobbero e li acclamarono in festa, molti chiesero di unirsi a loro ma venivano rifiutati tutti, finché, arrivati alla locanda, un giovane ragazzo di circa 16 anni grande alto e molto forzuto per la sua età, di nome Querell, che portava con se un ascia il che significava che lavorava per i boschi, chiese ai due:

«Mi presento sono Querell, voi dovete essere Judit e Rock, qua in città ormai si parla solo che della vostra missione, mi piacerebbe molto venire con voi e potrei esservi molto utile dato che sono abbastanza forte e comunque due mani in più serviranno sicuramente».

Rock disse. «Certo uno in più farebbe comodo ci ragioniamo un po' e domattina prima di partire ti comunicheremo la decisione».

Querell concluse «Domattina vi aspetterò fuori dalla locanda in attesa della vostra decisione».

I tre si salutarono e si divisero, dopo aver preso la stanza i due iniziarono a discutere su Querell.

«A me sembra una buona idea portarlo con noi»Disse Judit. «Mi sembra un ragazzo in gamba e molto coraggioso».

Rock ci pensò un po' su e poi rispose. «Concordo pienamente con te e credo che sia la cosa giusta portarlo con noi, solo teniamolo d'occhio almeno all'inizio».

Judit concluse dicendo « Diamogli una possibilità magari potrebbe esserci di grande aiuto e poi due mani in più fanno sempre comodo».

Rock acconsentì con un cenno di approvazione e poi i due si misero a dormire.

La mattina furono svegliati dal sole che splendeva altro nel cielo, come alla locanda precedente non li fecero pagare; fuori dalla locanda c'era già Querell che li aspettava e appena li vide esclamò ansioso «Buongiorno, avete deciso?!?».

Judit con più calma gli comunicò la loro decisione di farlo venire, lui corse ad avvertire suo padre prese le sue cose che già aveva preparato la sera prima e insieme partirono.

Più si allontanavano meno la loro storia era conosciuta infatti incontrarono un villaggio solo di passaggio e nessuno degli abitanti o quasi sapeva chi fossero e quale fosse la loro missione ma a loro poco importava la popolarità in questo momento pensavano solo alla loro missione che adesso era raggiungere velocemente la Città di Diamante.

Impiegarono altri 3 giorni di cammino senza troppi problemi prima di avvistare le splendenti mura della città e dietro di esse il magico castello di diamante splendeva alla luce del tramonto.

Si aprì la porta e furono accolti in festa dagli abitanti che sapevano che erano la loro ultima speranza, furono ricevuti dalla regina Amalia che con un sorriso li mise subito a loro agio; dopo i saluti la regina si fece seria .

«Abbiamo perso molti uomini nell'ultimo mese, Marshal e il suo esercito di demoni sono giunti quasi fino a Thiul (La seconda città più grossa del regno che dista dalla Città di Diamante non più di 2 lune di cammino), non so per quanto riusciremo a contrastarli ci servirebbe un modo per prendere più tempo, il nostro consiglio dei maghi ha elaborato un incantesimo che ci farebbe guadagnare tempo ma servirebbe una fonte magica molto potente, se solo riuscissi a usare i tuoi poteri potresti riuscirci, i tuoi poteri sono più potenti di quanto tu possa immaginare».

Judit ascoltò attentamente ogni singola parola della regina e un po pensierosa rispose.

«Vorrei tanto aiutare ma io non so ancora usare i miei poteri, per adesso sono solo una normale ragazza di 12 anni».

«Lo so bene infatti domani il mago migliore della città inizierà il tuo addestramento alla magia e speriamo che in poco tempo tu riesca ad usarla il tanto che basta per l incantesimo». Concluse la regina.

Cenarono tranquillamente e appena finita la cena si lavarono e corsero a letto dato che erano sfiniti per il lungo viaggio.

L'indomani sarebbe iniziato l'addestramento per Judit perciò aveva bisogno di tutte le forze che potesse avere.

2.Il mago

Quando si svegliò, Judit scese nella sala principale del castello, era una sala gigante con i pavimenti di marmo bianchissimo e le pareti piene di affreschi di maghi e di eroi, di battaglie e di scene di festa; quelle pareti raccontavano un po' la storia della città e del regno, il soffitto era altissimo ed era fatto di vetro perciò mostrava il cielo limpido senza nemmeno una nuvola e il sole che illuminava tutta la stanza, al centro della sala c'era un uomo molto anziano con una barba bianca lunghissima come i capelli, indossava un grande mantello blu e in mano teneva una pergamena.

L'anziano si presentò. «Sono Marik il capo mago e tu devi essere Judit, sono stato incaricato di far comparire i tuoi poteri ed insegnarti ad usarli».

Judit annuì mostrando la sua insicurezza di ragazzina e disse.

«Farò del mio meglio per riuscire a controllare la mia magia insieme ce la faremo,sconfiggerò l'oscurità e vendicherò ogni morto, ogni persona rapita e ogni ferito di questa stupida ed inutile guerra».

Si diressero in un giardino pieno di alberi da frutta e di rose, in quella città non esiste l'inverno, gli alberi erano in fiore e le rose coloravano le pareti del muro che circondava il giardino, il mago fece sedere Judit al centro di questo giardino e iniziò a leggere la pergamena che teneva in mano, che diceva così

"Judit per assumerti questi poteri devi promettere che li userai con intelligenza e seguendo delle regole, dovrai usarli responsabilmente e di non abusarne"

Judit fece cenno di si con la testa e il mago continuò a leggere.

"Regola numero 1-I poteri vanno usati solo per scopi

di bene o di difesa.
2-Non dovrai mai e poi mai usarli per causare del male ad un innocente.
3-Regola più importante i poteri non si usano per uccidere vite umane(Marshal non è umano), se accetti tutte queste regole sei pronta per l addestramento''.

Judit fece un'altra volta cenno di si.

Iniziarono l'addestramento, Marik inizio a usare formule magiche su Judit e lei inizio a sentire come un fuoco dentro che la scaldava si sentiva bene, si sentiva finalmente se stessa. Finito il rito Marik disse.

«Il tuo potere è molto più forte di quanto immagini,attenta a quello che fai».

«Ne farò buon uso, prometto che li userò solo per sconfiggere Marshal e aiutare gli altri o proteggere le persone, sono pronta per iniziare ad usarli ».

Judit si accorse subito che il suo potere era difficile da controllare perché senza accorgersene iniziò a fluttuare nell'aria. Marik le diede un braccialetto che le permetteva di diminuire i poteri finché non fosse stata in grado di controllarli.

Iniziarono a esercitarsi con magie semplici come creare delle sfere luminose o accendere un fuoco e Judit imparò quasi subito a controllare quelle magie molto basilari, era già un inizio.

Finito il suo addestramento per quel giorno, Judit si riunì a Querell e Rock per cenare ed infine sfinita andò a letto.

Quella sera Querell fece uno strano sogno si trovava in un posto molto buio e davanti a lui c'era una figura molto alta e scura,una voce inizio a parlare.

«Mi conosci? Sono Marshal, sicuramente avrai sentito parlare di me io sono il Demonio io rappresento l'oscurità in persona, io sono stato generato dall'oscurità più profonda, io sono l'incubo dei mortali e dovrete arrendervi tutti al mio potere» Si interruppe con una risata malefica.

Querell spaventato chiese. «Perché sei qua mostro,cosa vuoi da me?».

«Mostro, mi piace come suona mi fa sentire potente hahaha,voglio che tu uccida Judit e che ti unisca a me nella conquista del regno, sei un ragazzo molto forte mi saresti veramente utile».
E concluse di nuovo con la solita risata malefica.

«Mai»Rispose Querell«Non la tradirò mai in questo modo, vattene dalla mia testa io sto dalla parte di Judit e noi ti sconfiggeremo prima o poi».

Il sogno si interruppe bruscamente e Querell si sveglio di soprassalto, corse nella stanza di Judit la sveglio dicendo. «Devo parlarti, è importante»; svegliarono anche Rock e Querell inizio a raccontare il suo incontro nel sogno con Marshal.

I tre discussero per molto tempo e decisero che

questa cosa doveva rimanere tra loro per non creare il panico e poi tornarono a dormire.

La mattina tardi furono svegliati da delle urla fortissime "Aiuto, aiuto" Corsero fuori dal castello dove si era creata una grande folla.

Marik era caduto dalla torre ed era in fin di vita, tutto era molto sospetto prima Marshal appare in sogno a Querell poi stranamente il mago "cade" dalla torre, portarono il mago in una camera da letto e lui con l ultimo fiato che aveva e con quel poco di voce rimasta disse.

«Marshal è stato qui sentivo la sua presenza».

Prese un respiro.«Qualcosa mi ha spinto a lanciarmi, era una forza che mi controllava e io non riuscivo ad oppormi ad essa, sicuramente è colpa del Demonio che tutti conosciamo come Marshal, lui non ha chiesto al mago che ha generato anche te di dargli i poteri ma ha chiesto di aumentare quelli che già aveva che erano tantissimi già cosi, Marshal è nato all'interno del Monte Infuocato, il vulcano della terra di Fuoco»Altro respiro stavolta molto più soffocato di prima, poi continuò«Marshal è stato creato dall'Oscuro in persona colui che sta a capo del male e anche se noi sconfiggessimo Marshal probabilmente avremo molti anni di pace ma prima o poi l'Oscuro genererà un altro mostro simile».

Tirò l'ultimo respiro e poi Morì.

Judit-la Salvatrice

Judit in lacrime riferì tutto quello che Marik le aveva detto a Rock, Querell e Amalia.

Quest'ultima disse. «Ora pensiamo a Marshal poi vedremo cosa fare in futuro».

Judit fu costretta a continuare l'addestramento da sola e fu molto difficile, la sua inesperienza la portò a commettere grandi errori rischiando anche di incendiare le stanze.

Appena riuscì a stabilizzare i suoi poteri anche senza il bracciale si riunì insieme al consiglio dei maghi dove le venne spiegato l'incantesimo che avrebbe dovuto fare, lei e un altro mago avrebbero unito i loro poteri per creare una sfera magica che avrebbe distrutto gran parte dell'esercito di demoni costringendoli a indietreggiare.

Si posizionarono in cima alla torre più alta della città dalla quale si vedeva quasi tutto il regno; unirono le mani ed iniziarono a recitare tante parole magiche nella lingua degli elfi, ad un certo punto dalle loro mani iniziò a formarsi una sfera sempre più grande sempre più luminosa e appena fu abbastanza grande la lanciarono al confine; un grande boato precedette un enorme esplosione di luce, tutto il regno vide quella luce ma senza capire cosa fosse stato.

La luce si attenuò e la macchia nera dell'esercito era

scomparsa e assieme ad essa le nuvole che la sovrastavano rendendo il tutto ancora più buio stavano via via scomparendo.

C'è l'avevano fatta avevano guadagnato tempo forse non sarebbe bastato comunque,ma intanto erano riusciti per la prima volta a far indietreggiare l'esercito di Marshal, quell'incantesimo sfinì Judit che cadde a terra e si addormentò in un istante.

Al confine Lancom, re del Regno delle 10 Terre nonché marito di Amalia, stava cercando di tenere testa all'esercito di Marshal,aveva già perso molti uomini e sembrava che tutto fosse destinato a finire nel peggiore de modi.

Dal nulla nel cielo vide comparire una grossa sfera bianca luminosissima che causò una grandissima esplosione, Lancom non capì cosa fosse stato, ma qualunque cosa fosse li aveva liberati, almeno per ora, dall'esercito di demoni; lui e quel che restava del suo esercito, circa 100 uomini, salirono sui cavalli e galopparono il più veloce possibile verso casa per riferire a tutti cos'era successo, in meno di 3 giorni arrivarono e vennero accolti molto calorosamente.

Lancom al suo ingresso in città vide molta gente festeggiare e riabbracciare i propri mariti o figli o fratelli mentre molti altri piangevano per la perdita di un loro caro.

Trovò Amalia e le raccontò tutto «Mia cara moglie, non puoi nemmeno immaginare cosa sia successo, eravamo in crisi abbiamo perso più di 800 uomini stavamo per morire tutti, ma ad un tratto dal nulla appare una grossa sfera bianca e poi una grande esplosione ha ucciso molti demoni tra cui il loro generale, i restanti sono costretti alla ritirata e noi siamo riusciti a scappare». Concluse il racconto baciandola

Da dietro spunta Judit . «Chi sei non mi sembra di conoscerti» Disse Lancom un po perplesso.

«Lei è Judit ti ha salvato lei mandando quella grossa sfera di luce,lei è la salvatrice, solo lei potrà impedire l'avanzata di Marshal».Disse Amalia indicando Judit.

Lancom allora con un espressione molto sorpresa disse. «Grazie Judit, ci hai salvati al confine,avrai si e no 12 anni,ma se Amalia dice che sei la salvatrice allora siamo nelle tue mani,anzi nei tuoi poteri». Concluse con un sorriso, Judit finì di presentarsi e poi disse che avrebbe fatto il possibile per sconfiggere Marshal.

Fu organizzato un grande ballo nella piazza principale della città, una piazza gigantesca, tutti gli abitanti parteciparono a quella festa. La piazza si trova al centro della città, in fondo ad una grossa scalinata bianca e diamantata che risplende alla luce della luna e delle torce accese per fare più luce, la prima a scendere dalla scalinata fu proprio Amalia accompagnata da suo marito, il re e la regina aprirono la festa.

Lancom indossava un vestito blu scuro, classico vestito da uomo nobile, Amalia invece indossava un bellissimo vestito rosso scuro pieno di diamantini che la facevano sembrare ancora più bella, entrambi portavano le loro corone.

Alla festa parteciparono tutti ricchi o poveri, c'erano tutte le creature immaginabili: gnomi, elfi e maghi, tutti potevano partecipare alla festa, tutti erano venuti a vedere Judit, la salvatrice. La piazza si riempì e per ultima eccola, proprio lei, Judit, la più bella della serata rubava la scena anche alla regina; aveva un abito azzurro come i suoi occhi con i dettagli blu come i suoi capelli, si muoveva con grazia e sembrava che almeno per quella sera non pensasse al suo destino, voleva solo divertirsi.

La serata procedette bene animata da musica, balli e spettacoli vari; tutto sembrava andare bene finché dal cielo non apparve una strana nube nera che sembrava quasi fumo.

La nube iniziò a espandersi, calò il silenzio nella piazza ed una voce molto inquietante esclamò ridendo

«Guardatevi, come siete felici, lo sarete ancora per poco, avete fatto una festa e non mi avete invitato, che maleducati, ma io sono venuto comunque e la festa adesso è finita».

Judit-la Salvatrice

Judit capì che si trattava di Marshal e gli ordinò di andarsene; lui allora si trasformò nella creatura che è ed iniziò a girare intorno a Judit.

«Tu saresti la salvatrice quindi?» E chiuse con una risata malefica delle sue.

Judit allungò le mani verso di lui come per proteggersi e gli ordinò ancora di andarsene, lui continuò a ridere ma fu costretto a bloccarsi, dalle mani di Judit uscì una forte luce bianca che fece cadere a terra il demone, sembrava indifeso, poteva essere ucciso, Judit si avvicinò per dare il colpo finale ma lui sparì con un'altra nube nera.

Judit si sentì pervadere da una improvvisa stanchezza, forse dovuta alla sua magia o forse dovuta alla presenza di Marshal, fece qualche passo ma poi cadde priva di sensi a terra, i presenti rimasero quasi sbalorditi davanti a quella scena e si avvicinarono alla povera ragazza per vedere come stava, Rock la prese in braccio, la portò nel castello e la fece sdraiare sul letto.

Judit si risvegliò nella sua stanza, ancora un po' scombussolata si alzò e andò verso la finestra, il panorama fuori era cambiato la città era devastata per buona parte e le truppe di Marshal ricominciavano a vedersi in lontananza.

Capì che aveva dormito per molto tempo, rimase impressionata dal disastro che stava osservando, ma cos'era successo?...

3.La spada magica

Amalia raccontò cos'era successo mentre Judit era priva di sensi.

«Quando hai perso i sensi rock ti ha portata nella sua stanza, hai dormito per 10 giorni e non immagini nemmeno cosa sia successo, Marshal è tornato ed ha iniziato a distruggere la città, forse cercava te ma fortunatamente è stato fermato dai nostri maghi che l'hanno scacciato e, almeno per ora, non tornerà».

«Appena saremo pronti partiremo per la nostra missione e sconfiggeremo quell'essere in modo che non potrà più darci noia».

«Sono sicura che una buona spada ti sarà utile per vincere, dovresti fare un salto dal fabbro in città magari lui ha qualcosa che fa al caso tuo».

«E' una buona idea una spada farà sicuramente comodo, andrò subito da questo fabbro a vedere cos'ha per me».

Judit seguendo il consiglio di Amalia si diresse da Rooth, il nano fabbro, e gli chiese una spada lui sparì nel retro bottega per molto tempo,al suo ritorno aveva una spada bellissima, con l'impugnatura piena di dettagli e disegni vari, aveva un incisione che ricordava una"J", forse quella spada era stata fatta per Judit o forse era una semplice coincidenza ma quella spada aveva qualcosa di speciale.

Il nano parlò della spada. «Questa spada è fatta con un metallo indistruttibile che viene estratto dal monte Urion oltre il confine del regno, è una spada molto potente e resistente e si dice che in mano a una persona pura di cuore diventerà magica, magari sei tu quella persona». Judit lo ringraziò pagò la spada e tornò al castello.

Mentre camminava pensava osservando la spada
"Ammetto che è davvero una spada bellissima, questa
J magari significa che era destinata a me e se veramente
è magica nelle mie mani mostrerà i suoi poteri".

Mise la spada nella fodera e andò a cercare Querell che stava rilassato all'ombra di un abete fuori dalle mura e lei passando da dietro lo spaventò con un urlo, poi si mise a ridere.

Lui un po stordito le disse. «Judit vedo che stai meglio»Notò la spada«Ma quella spada dove l hai presa?»

Judit rispose. «Amalia mi ha consigliato di procurarmi una spada e mi ha mandato da uno strano nano che mi ha portato questa spada dicendo che è anche magica e che se è maneggiata da una persona col cuore puro mostra i suoi poteri, vedi qua c'è un'incisione a forma di "J" magari era destinata proprio a me ».

«E' una spada veramente bella, e se è destinata a te un motivo ci sarà speriamo che sia davvero magica, l'hai provata?».

Judit rispose di no, i due per provare la spada si diressero alla caserma della città dove c'è il campo di addestramento dei soldati e dove avrebbero potuto provare la spada.

Judit iniziò a colpire i manichini e a destreggiarsi con

la spada come se l'avesse sempre usata mentre invece è la prima volta che impugnava una spada in vita sua, un talento naturale diciamo o forse semplicemente era guidata dal suo potere, fatto sta che era bravissima.

I primi colpi sembravano normali ma a un certo punto i disegni incisi sulla spada iniziarono a brillare e la spada diventò tutta bianca, Judit sferrò un altro colpo e sta volta è molto più forte; tutti si fermarono a osservare quella spada, ad ogni colpo la sentiva più sua, ad ogni colpa si sentiva più convinta che quella spada fosse stata creata da chissà chi per lei, era vero quella spada era davvero magica, proprio quello che serviva a sconfiggere Marshal.

Judit continuò ad allenarsi con la spada finché non divenne abbastanza brava da poter partire per una spedizione, dovevano andare in cima al monte Kratos dove si diceva che vivesse un vecchio mago eremita e che era l'unica persona in grado di aiutare il trio a sconfiggere Marshal.

Partirono all'alba del giorno dopo diretti verso ovest, Judit sentiva la magia scorrere dentro di lei, si sentiva pronta,si sentiva fortissima, si sentiva in un certo senso protetta.

Iniziò male il cammino per i tre compagni di avventura, rimangono senza cibo dopo soli 6 giorni perché cadendo Rock perse lo zaino con le provviste che cadde dentro un burrone, senza cibo e con poca acqua decisero di accamparsi e procurarsi del cibo in qualche modo.

Judit tra i tanti poteri che aveva scoprì di avere il potere di addomesticare i lupi, comanda ad un lupo di cercare qualcosa da mangiare per loro, il lupo si mise a correre in mezzo agli alberi e ai cespugli finché non trovò qualcosa di consistente da mangiare.

Tornò dopo qualche ora con un coniglio in bocca, Judit lo ringraziò con una carezza e poi lo congedò; almeno per quella sera avrebbero mangiato, accesero un fuoco e cucinarono l'animale.

Attorno al fuoco iniziarono a discutere di quello che stava accadendo.

Iniziò Rock dicendo «Ma secondo voi stiamo facendo la cosa giusta?».

«Perché?». Chiese Judit un po perplessa.

«Perché non so magari quel vecchio eremita è morto e sarebbe solo una perdita di tempo inutile».

Querell lo interruppe «L'unica cosa giusta da fare ora è sperare che lassù ci sia qualcuno».

Rock aggiunse«Se gli dei sono dalla nostra parte ce la caveremo,ora meglio riposare un po'».

Prima di coricarsi Judit creò una barriera che li avrebbe protetti la notte per farli riposare più tranquilli.

Il mattino seguente ripartirono spediti verso la montagna che si vedeva in lontananza nella sua immensità, arrivarono ai piedi della montagna prima del tramonto.

Insieme decisero di accamparsi per quella notte, quella sera il lupo portò un fagiano anziché il coniglio, i tre lo gustarono in silenzio.

Dopo cena fecero due chiacchiere e poi come la sera prima Judit crea la barriera e si addormentarono al sicuro.

Judit si svegliò nella notte da una strana sensazione, si girò verso la sua spada e vide che si era illuminata senza un apparente motivo; pensò che ci fosse qualche creatura oscura ne boschi e che la spada l'avesse trovata. Judit svegliò gli altri e anche loro pensarono che ci fosse una presenza oscura lì vicino.

«Forse è uno dei demoni di Marshal» Ipotizzò Querell.

«Non so cosa o chi sia ma qualcosa o qualcuno ci deve essere per forza».Rispose spaventata Judit.

La spada all'improvviso si spense, ormai era l'alba mangiarono qualcosa ed iniziarono la loro scalata, salirono la montagna per ore, nel pomeriggio arrivarono in cima dove c'era una casetta molto piccola e strana con il tetto molto appuntito, tipico delle case di montagna, era di un colore che ricordava l'oro ed i dettagli erano di marmo bianchissimo come i pavimenti del castello della Città di Diamante, il regno era ricchissimo di montagne che al loro interno avevano un marmo bianchissimo, senza venature, un bianco purissimo insomma.

Dalla casetta spunta una strana figura, un vecchietto molto basso, con la barba che arrivava ai suoi piedi.

«Cosa volete?» Chiese in tono un po irritato il vecchio.

Judit si presentò. «Sono Judit, io sono l'unica speranza che il mondo ha di salvarsi dall'oscurità di Marshal, noi siamo partiti ormai 6 lune fa dalla parte più remota del regno, abbiamo trascorso le ultime 4 alla Città di Diamante dove ho imparato ad usare i miei poteri magici,siamo venuti qua perché Amalia,la regina,ha detto che tu sai come sconfiggere Marshal».

Finito il racconto l'anziano osservò i tre per qualche minuto senza dire una parola.

«Io sono Jammorn,il mago che un giorno riuscì a generarti»Si presentò lui.

Rock un po sorpreso da questa esclamazione disse«Non puoi essere lui,prima che partissi lui stava morendo».

«Vedi Rock devi sapere che, dopo che te ne andasti, con l ultimissima magia che avevo in corpo ho curato la ferita, e appena ho recuperato le mie forze ho trasformato tutto il mio corpo in modo che nessuno mi riconoscesse» continuò Jammorn.

Judit curiosa chiese «Perché proprio me hai scelto?».

Jammorn iniziò un lungo racconto «Vedi Judit, i tuoi genitori erano delle persone col cuore purissimo e sicuramente tu saresti nata col cuore ancora più puro perché l'unione di loro due avrebbe dato vita a qualcosa di magico, io ho semplicemente trasformato la tua purezza di bambina nella magia più forte che esista, la tua magia non è come quella di Marshal comandata dall'oscurità, no, la tua è generata dal bene, generata dalla forza di un vero amore di due persone pure e perciò generi una luce cosi potente che se usata nel modo giusto ucciderebbe tutti i demoni senza distruggere il resto del regno». Concluse con un sorriso rassicurante.

Judit, che aveva ascoltato attentamente ogni parola del mago,pensò "Se davvero sono così potente perché non ho ucciso Marshal con il mio potere?"

Jammorn che leggeva nei suoi pensieri rispose «Perché i tuoi poteri devono ancora essere sviluppati al massimo; ora se non vi dispiace accomodiamoci in casa che sarete affamati».

I tre molto perplessi si sedettero a mangiare, il mago aveva fatto una zuppa con della carne e delle erbe, era molto buona.

Dopo cena si misero attorno al fuoco e Jammorn

iniziò a parlare di Marshal. «Dovete sapere che 12 anni fa quando lui mi impose di incrementare i suoi poteri io fui obbligato a farlo ma nel farlo l ho anche maledetto che un giorno qualcuno l avrebbe ucciso, e dopo di che ho generato i tuoi poteri, Judit, lui ha un punto debole un'acqua che sgorga dal deserto di Hort, quest'acqua si dice che sia benedetta dagli dei e che riesca a a scacciare qualsiasi presenza demoniaca, forse questa unita alla tua magia potrebbe salvarci».

Judit, che fino a quel periodo non sapeva nulla della geografia del regno, chiese «Dove si trova il deserto di Hort?»

«Si trova nella terra dei Draghi a est di questa montagna è molto lontano,ci vorranno molti giorni di cammino per arrivare,ma se ci arriverete forse avremo una speranza».

I tre decisero che sarebbero partiti il prima possibile, l'indomani avrebbero preparato delle nuove provviste, visto che le loro erano finite, e poi sarebbero ripartiti entro mezzogiorno.

Si addormentarono sotto la luce della luna che splendeva piena sopra le loro teste e dava quasi un senso di sicurezza anche se loro non immaginavano cosa gli aspettasse sulla loro strada.

4. Origin

I tre si misero in cammino e in poche ore discesero la montagna, gli aspettava la parte forse più dura del loro viaggio, la strada per il deserto era molto pericolosa per le bestie che ci vivevano e per i criminali.

Judit propose di non andare diretti al deserto ma di fare una sosta di un paio di giorni in qualche città, dopo 4 ore di cammino videro un cartello ''Origin,città nel deserto, 3 miglia'', in lontananza si vedeva un castello bellissimo circondato da alte mura, il tutto illuminato dal caldo sole del deserto.

Judit allora propose «Potremo andare lì qualche giorno e poi ripartire, almeno faremo scorte di cibo e acqua e potremo riposarci come si deve magari su un letto pulito».

Rock e Querell furono d'accordo con lei, si diressero verso la città; gli alberi di noce e le varie piante che li avevano accompagnati per quelle ore iniziarono a scomparire sempre di più lasciando posto al deserto caldissimo.

Raggiunsero Origin quasi al tramonto, la città si animava verso sera quando era meno caldo e si poteva stare tranquillamente all'aperto, entrarono in città e la loro storia li aveva preceduti, infatti, vennero acclamati anche lì dal popolo disperato che sperava in una ormai impensabile salvezza e tutte le speranze erano in Judit, Rock e Querell.

Quella sera furono ricevuti dal re Rasher e da sua moglie, la regina Lidia.

Rasher si complimentò con loro per quello che stavano facendo «E' un piacere avervi nella mia città, spero che la vostra sosta sarà piacevole e voglio farvi i miei auguri per la vostra missione, stasera faremo un banchetto in vostro onore con le persone più importanti della città ma adesso andate a riposarvi e poi potrete lavarvi prima di cenare».

I tre ringraziarono il re e la regina, li salutarono e andarono nelle loro stanze a riposarsi un po; dopo essersi lavati scesero per cena, a tavola c'erano il re, la regina, qualche nobile della città e una ragazza di circa 15 anni seduta vicino a Judit.

La ragazza si presentò «Piacere sono Michen, principessa di Origin»

Judit si presentò a sua volta «Io sono Judit,la salvatrice, la mia missione è quella di sconfiggere Marshal ed il suo esercito di demoni».

«Quello che state facendo è veramente importante per tutto il regno,sarei veramente lieta di accompagnarvi nel vostro viaggio».

«Il nostro è un viaggio molto pericoloso e non vorrei mai che ti accada qualcosa mentre sei con noi, ma se la tua volontà è questa per me puoi unirti a noi tranquillamente».

Più tardi, prima di coricarsi Michen volle parlare con la madre della sua decisione di andare con Judit a sconfiggere Marshal.

«Madre, ho deciso voglio unirmi alla missione di Judit e salvare il Regno delle 10 Terre». Disse

Lidia preoccupata, però, rispose «Figlia mia non credi

che sia pericoloso, potresti morire, io non riuscirei a sopportare un dramma simile».

Michen a sua volta disse.«So che è pericoloso madre, ma il regno ha bisogno di me e di Judit, sai che sono brava con la spada e con l'arco potrei essere molto utile a loro tre e comunque una persona in più fa sempre comodo, l'oscuro è sempre più vicino più persone siamo e più possibilità avremo di farcela».

«Se questa è la tua decisione sei libera di andare, ma stai attenta ti prego». Concluse Lidia.

«Madre ti prometto che tornerò appena tutto sarà finito, combatterò al fianco di Judit, Rock e Querell e alla fine tornerò qua e potremo riabbracciarci ancora ma quando tornerò il nostro regno sarà ibero dal male, adesso meglio che vada a dormire buonanotte».

«Buonanotte».

La mattina seguente Michen comunicò a Judit, Rock e Querell che sarebbe andata con loro.

«Ragazzi, ho preso la decisione di unirmi a voi in questo viaggio e vi aiuterò a portare a termine la vostra missione, insieme ce la faremo ne sono sicura».

Judit«Michen, sono felice che tu venga con noi, ma non saranno giorni facili anzi potrebbe diventare veramente difficile il nostro cammino, sicura di essere pronta a tutto questo?».

«Sono prontissima, voglio che il nostro regno torni al suo antico splendore e voglio che questo accada anche grazie a me, insieme vinceremo».

Prima di partire fecero un giro per la città dove comprarono cibo, acqua e altre cose per il viaggio, mentre lasciavano la città un fabbro li vide e disse a Rock e Querell che avevano bisogno di un arma.

«La vostra non sarà una missione facile ma forse con un paio di buone armi sarà tutto meno difficile».

«In effetti delle armi ci farebbero comodo, cos'hai per noi».Chiese Rock.

«Bene, per te che sei più grosso e muscoloso ho questa ascia a due punte, è un arma tanto pesante quanto forte e se usata nel modo giusto è letale».

Consegna l'arma a Rock e poi si gira verso Querell.

«Per te che invece sei un po più gracile ho questa spada fatta dello stesso materiale dell'ascia ma molto più leggera, anche questa se usata bene può far male».

Ringraziarono il fabbro,presero le armi e si misero in cammino verso il deserto.

Ormai era giunta la sera, avevano lasciato Origin da qualche ore e tutti erano attorno al fuoco, Rock e Judit parlano del passato che per loro non è stato dei migliori.

«Ti ricordi quel giorno di ormai quattro anni fa

quando Marshal è venuto ed ha ucciso mio padre e rapito mia madre?».

«Si mi ricordo bene quel giorno,non potrei mai dimenticarmelo...».

4 Anni prima...

Una più giovane e innocente Judit giocava con Rock in giardino, era una mite giornata primaverile, tutto sembrava normale,un giorno qualunque insomma.

All'improvviso in lontananza una grossa nube nera densissima si avvicina, il sole che prima scaldava la giornata ormai stava per essere completamente coperto da questa nube scura.

«Rock cos'è quello».Judit spaventata osservava la grossa nube nera avvicinarsi.

«Non lo so ma non credo che sia qualcosa di buono, corri in casa e non uscire finché tutto non sarà finito».Rock accompagna Judit con lo sguardo e poi si girò verso la nube.

Judit dalla finestra della sua stanza osservava quello che stava accadendo fuori, dalla grossa nube scese una strana figura molto alta e anch'essa tutta nera, Marshal.

Judit spaventata si nascose sotto il letto, da fuori si sentivano delle grida molto forti, lei scoppiò in un pianto senza fine, ignara di quello che stava per accadere.

Intanto fuori Marshal la stava cercando, cercava lei che prima o poi se non l'avesse uccisa l'avrebbe sconfitto; i suoi genitori combatterono assieme a Rock per farlo andare via.

Marshal uccise il padre di Judit con un fulmine potentissimo uscito dalla nube che lo accompagnava, sua madre invece fece una fine ben peggiore fu rapita dal Demonio che la porto con sé chissà dove.

Marshal scomparve nel nulla insieme alla madre di Judit, la nube lasciò il posto al tiepido sole che c'era prima e tutto sembrò tornare normale, dalla casa la piccola Judit non sapeva cosa fosse successo e nella sua innocenza di bambina di 8 anni non capì la gravita dell'accaduto.

Uscita di casa l'unica cosa che vide furono Rock e quel che restava delle case e del villaggio.

«Dove sono i miei genitori?». Chiese
Rock non sapendo cosa risponderle rimase in silenzio, ma lei aveva già capito; girò lo sguardo e vide il corpo di suo padre ormai inanimato sdraiato a terra e scoppio in un pianto ancora più lungo del precedente.

«Il Demonio è passato, cercava te i tuoi genitori hanno provato a difenderti, ma tuo padre è stato colpito ed ucciso mentre per tua madre, forse, la fine è stata peggiore, Marshal l'ha presa e se l'è portata con se». Rock strinse forte Judit a se e cercò, senza riuscirci,di consolarla.

«Io vi vendicherò, me la pagherai Mostro stanne certo».Disse lei, mettendosi vicino al corpo del padre, prima di riprendere a piangere.

Lei non aveva ancora idea del suo futuro, era devastata dall'accaduto ma questo non fece altro che dare inizio al suo odio verso il Demonio che tutt'ora la spinge a volerlo sconfiggere in onore dei suoi genitori.

Lei era solo una bambina ma in quel momento dentro li si accese qualcosa, non era rabbia, non era tristezza, era qualcosa di magico, lei era la salvatrice ma ancora non lo sapeva.

Nei giorni successivi gli abitanti rimasti iniziarono a ricostruire le case e fu fatto un funerale al padre di Judit, con tutti gli onori...

Presente...

«Mi manca molto mia mamma, ogni giorno continuo a sperare in qualche segno che lei sia ancora viva».

«Judit, è passato molto tempo non credo che possa essere ancora viva, anch'io spero che un giorno la

troveremo ma è una cosa molto improbabile».
«Finché non avrò la certezza che lei è morta,io continuerò a cercarla».
Il futuro che li attendeva era pieno di sorprese, ma per adesso potevano solo addormentarsi e sognare che tutto questo un giorno sarebbe finito.

5.Fuga

Mentre i 4 iniziavano il loro viaggio verso il deserto di Hort, nelle terre lontane cadute in mano al Demonio un gruppo di cittadini cercava di ribellarsi al potere di Marshal.

Lì dove un tempo sorgeva la bellissima città di Rhatos, una delle città più belle del regno completamente fatta del famoso marmo bianchissimo e con una piazza molto grande con al centro una statua, anch'essa bianchissima, raffigurante il dio della pace, Milihos; ora di quella bellissima città restavano solo un mucchio di macerie e case distrutte ed al posto della statua e della piazza era stata costruita una gigantesca torre nera, la torre di Marshal, Rhatos si trovava circa a 200 miglia dal confine tra il resto del Regno delle 10 Terre, ormai diventate 5 perché le altre 5 erano cadute nel potere dell'oscurità, e i territori di Marshal.

Sopra la città come per tutto l'impero oscuro il cielo era ricoperto da una densissima nube nera che non faceva passare nemmeno un raggio di sole, era tutto buio.

In questo gruppo di cittadini che voleva ribellarsi si trovava una donna, una donna bellissima rapita da Marshal anni prima, aveva lunghissimi capelli color grano, i suoi occhi stanchi per la sofferenza e affaticati per dover sempre stare al buio erano ancora bellissimi, era magrissima si reggeva a malapena sulle gambe e camminava a stento ma come tutti gli altri cercava di fuggire dall'oscurità.

Erano costretti a lavori pesantissimi, il cibo disgustoso quasi immangiabile era veramente poco, ma loro con la forza dei loro cuori volevano trovare la libertà, tra loro c'era anche un mago e dato che i demoni che facevano da guardie non sapevano della sua magia lui aveva elaborato un piano per prenderli di sorpresa.

«Tenteremo il tutto per tutto io vi aprirò un varco con la mia magia voi correrete verso le porte della città, che sono distrutte perciò dovreste passare tranquillamente e poi se riuscirò vi raggiungerò all'esterno, sennò andate senza di me, correte fino alla città di Jorg a circa 2 miglia da qua verso est, lì un gruppo di maghi ha creato una fortezza per la ribellione, sono così potenti che l'oscuro non è ancora riuscito a sottometterli,lì sarete al sicuro,al mio tre iniziamo col piano».

I ribelli si prepararono tutti in fila a due a due, erano una ventina,al centro c'era quella bellissima donna di nome Diantha,che nella lingua degli elfi vuol dire "fiore divino".

Il mago inizia a contare. «Uno, due, tre...»

Dalle sue mani partì una fortissima luce azzurra quasi blu che uccise ogni essere oscuro che incontrava, quando la strada fu liberata i ribelli si misero a correre più velocemente che potevano,uscirono dalle mura, dopo pochi secondi il raggio svanì e tutti diedero per morto il mago non vedendolo arrivare,dietro di loro c'era un grande fumo provocato dalla morte dei demoni,loro continuarono a correre fino a Jorg dove furono accolti e dove si presero cura di loro.

Judit-la Salvatrice

Circa 20 minuti dopo il loro arrivo,in lontananza si vide una figura venire verso la città molto velocemente urlando. <<Fatemi entrare, sono Alyon>>.

Era il mago che aveva aperto la strada ai ribelli, dentro tutti corsero verso di lui ringraziandolo perché se non fosse stato per lui non sarebbero riusciti a scappare.

Sopra Jorg i maghi avevano fatto in modo che non ci fossero nuvole e la città era illuminata da caldi raggi del sole di primavera.

Diantha finalmente era libera e volle parlare al popolo di Jorg <<Ascoltatemi tutti, dodici anni fa un mago ha fatto una profezia su mia figlia, lei è destinata a sconfiggere Marshal un giorno, sicuramente starà già arrivando verso di noi o comunque si starà preparando e prima o poi la vedremo arrivare portando con se la sua luce e sconfiggendo tutta l'oscurità che copre il nostro regno, abbiate pazienza tutto questo finirà,lei verrà a salvarci ne sono sicura non temete>>.

La folla in delirio la acclamava e ancor più acclamava Judit, pendeva letteralmente dalle sue labbra chi per speranza chi perché era sicuro che lei non mentisse, tutti speravano che questa bambina magica sarebbe venuta a salvarli prima o poi.

Quella sera Diantha sola nella sua camera era immersa nei suoi pensieri osservava la luna che non vedeva ormai da anni ''Figlia mia non so dove sei so che starai guardando la luna e magari mi darai per morta ma io son qua e ti aspetto, sono sicura che arriverai e con la tua luce scaccerai l'oscurità, sperò che tu mi pensi ancora, ricordati che io ti aspetterò sempre e sono sicura che starai già arrivando, buonanotte Judit''

Da qualche parte nel deserto di Hort...

Judit osservando la luna esclamò. «Ho sentito una strana sensazione dentro di me, questa sensazione non la sentivo più da quando mia madre è scomparsa, noi abbiamo un forte legame che da sempre ci unisce ed ora ho ricominciato a sentirlo».

«E questo cosa vorrebbe dire, non capisco». Disse Rock perplesso.

«Ma come non capisci,lei è viva,non so dov'è,non so con chi sia, ma so che lei è da qualche parte e mi sta aspettando,io la troverò».

Tutto questo sembrò molto strano ai compagni di viaggio di Judit che però decisero di starle vicino in quel momento.

Il primo a parlare fu Querell.«Judit, se davvero tua mamma è viva, ovunque sia noi ti aiuteremo a riportarla a casa ed insieme salveremo chiunque ne abbia bisogno».

Dopo di lui parlò Michen.«Ti conosco da poco ma ho già capito che sei una ragazza forte, di certo se hai sentito qualcosa tua madre potrebbe essere viva da qualche parte e sono sicura che non ti fermerai pur di trovarla, vedrai che insieme riusciremo a trovarla».

«Grazie davvero ragazzi, sono felice di fare questo viaggio con voi e sono felice che mi dimostrate il vostro sostegno anche in questa cosa, vi ringrazio davvero e spero che riusciremo a trovare mia madre ed a sconfiggere Marshal, adesso riposiamoci che sicuramente ci farà bene».

I quattro si addormentarono sperando come sempre in un lieto fine a quell'incubo che sembrava infinito, quella sensazione aveva riacceso in loro un minimo di speranza ed ora erano più determinati che mai a compiere la loro missione.

6.La nascita del male e del bene

Ci troviamo molti anni prima della nascita di Judit e dell'inizio della nostra storia,ci troviamo nel giorno in cui tutto ha avuto inizio, il giorno in cui Marshal è stato creato.

Siamo nella terra di Fuoco, più precisamente siamo all'interno del Monte Infuocato, qua l'Oscuro sta per generare una creatura che incarnerà in se tutto il male che esiste, Marshal sta per nascere e il regno sta per conoscere il suo periodo più buio.

«Con tutto il potere che ho io ti ho generato e la tua missione sarà quella di sottomettere ogni cosa sotto l'oscurità, distruggerai tutto quello che incontrerai nel tuo cammino e appena la tua missione giungerà al termine io mi farò vivo e insieme costruiremo il nostro impero oscuro».

«Mio signore Oscuro non ti deluderò, conquisterò ogni cosa e sottometterò al mio potere chiunque, il regno sarà nostro e subito dopo conquisteremo il mondo intero».

Marshal uscì dal Monte Infuocato sprigionando i demoni e la sua oscurità, iniziò a distruggere Rhatos e le terre che circondavano la città, al posto dei bellissimi palazzi di marmo bianchissimo fece costruire la sua spaventosa torre nera che dominava il panorama e da cui si formava la nube nera che sovrastava le sue terre, il popolo venne colto di sorpresa e la sua avanzata fu inesorabile conquistò tutta la terra del Fuoco ad eccezione di Jorg dove i maghi più potenti si erano riuniti costruendo uno scudo a protezione della città e che superava la nube nera facendo passare il sole, offrivano rifugio ad ogni superstite, ogni ribelle e a chiunque cercasse di scappare dall'oscurità.

Marshal però aveva bisogno di più poteri perché già pochi maghi riuscivano a contrastarlo e lui non voleva rischiare di perdere per colpa di qualche stupido mago, si diresse dal mago più potente del regno, Jammorn, e gl'impose di donargli i poteri di cui aveva bisogno.

«Tu,stupido mago inchinati davanti al signore oscuro,io sono il portatore dell'oscurità,io sono colui che conquisterà tutto il regno e poi lo trasformerò nel mio regno oscuro, per farlo però avrò bisogno di più poteri e sarai tu a darmeli perché io te lo ordino».

«Non avrai mai quei poteri,morirò anzi che darti più poteri di quanti ne hai già».

«Allora ti ucciderò e ruberò i tuoi poteri, così sarà anche più divertente».

Jammorn che era molto furbo ragionò su cosa fare

"Se io morissi non potrei fare più nulla ma se rimanessi in vita potrei fare un qualche incantesimo per evitare che il mondo finisca completamente sotto il potere di questo essere"

«E va bene ti darò i poteri che vuoi però poi sparisci di qua».

Jammorn si avvicinò a Marshal e con una magia incrementa notevolmente i suoi poteri credendo cosi che Marshal se ne sarebbe andato, invece lui dopo aver ricevuto i poteri lo scaraventa a terra con un pugno carico di magia.

Marshal scompare e Jammorn è a terra in fin di vita. «Io farò in modo che un giorno qualcuno ti ucciderà riportando la pace sulla nostra amate terra,nascerà una bambina e questa bambina tra 13 anni ti ucciderà, Rock ti incarico di addestrare quella bambina quando compierà 12 anni e la guiderai nel suo cammino per salvarci e sconfiggere quel demone».

«Ti prometto che quella bambina un giorno salverà il mondo, quando il mondo sarà salvo io potrò morire con la consapevolezza che la nostra terra è tornata libera anche grazie a me, partirò subito e spiegherò ai genitori della bambina cosa attende la loro figlia».

«Vai mio allievo, io forse morirò ma quella bambina dovrà compiere il suo destino e sarai tu ad aiutarla nel suo viaggio, spero che un giorno ci rincontreremo magari quando tutto questo sarà finito ma adesso è arrivato il momento per te di partire per il tuo lungo viaggio, mi raccomando quella bambina non dovrà sapere nulla di questa missione finché non avrà compiuto 12 anni poi tu le racconterai tutto quello che deve sapere, ora vai il viaggio è lungo, buona fortuna».

Rock camminò per giorni verso il villaggio dove da li a poco sarebbe nata Judit e incontrò i suoi genitori.

Nel suo cammino pensava "Io porterò questa bambina a compiere il suo destino, io la accompagnerò in ogni tappa di questa inutile guerra e lei sconfiggerà quel mostro liberando così tutte le terre che fino a poco tempo fa non dovevano combattere ma vivevano in pace e che sono state devastate dalla voglia di potere di un pazzo,io ce la farò".

Il viaggio durò giorni, superò pioggia vento e neve ma la su missione era importantissima e non aveva tempo per fermarsi per ogni problema che capitava, lui doveva farcela, lui poteva ancora aiutare a salvare il regno.

7. L'ordine

Il loro cammino verso la fonte nel deserto dove avrebbero preso l'acqua che sarebbe servita a sconfiggere Marshal era molto difficile e non sapevano se ce l'avrebbero fatta a raggiungere la loro meta, faceva caldissimo di giorno e di notte invece era freddissimo il deserto fu tosto per Judit e gli altri.

Al decimo giorno di cammino che li aveva distrutti credettero di avere delle visioni quando videro qualcosa volare in cielo, invece dal cielo scese un cavaliere in groppa ad un drago.

«Sono Lukas, vengo da Fohrt l'unica città che incontrerete proseguendo verso quella direzione,lì abbiamo fondato l'ordine dei cavalieri dei draghi o più semplicemente L'ordine, in poche parole noi addomestichiamo i draghi come si addomesticano i cavalli e li usiamo sia per combattere sia per trasportare cose e persone. Siamo una città molto grande e sappiamo della vostra storia, ormai tutto il regno spera in voi, avevamo saputo che sareste venuti nel deserto ma non pensavamo così presto, purtroppo vi devo dare una brutta notizia, so che cercate la fonte magica qua nel deserto di Hort questa fonte si è esaurita anni fa ormai ma saremo onorati di ospitarvi a Fohrt, se volete seguirmi sul drago in pochi minuti saremo la».

«Come si è esaurita? Non importa troveremo un altro modo per sconfiggere quel mostro,andiamo a Fohrt e fermiamoci lì qualche giorno poi ragioneremo sul da farsi». Disse Judit al suo gruppo.

Partirono subito col drago,era un drago grandissimo, blu e rosso,un esemplare giovane e forte, Judit ammirava i paesaggi che sorvolavano, dove il deserto iniziava a interrompersi per dare spazio prima a una pianura immensa e poi a una foresta altissima, mentre volavano era immersa nei suoi pensieri''Mamma sto arrivando aspettami, quando tutto sarà finito troveremo un posto per noi e trascorreremo la nostra vita lì...".

I suoi pensieri furono interrotti da Lukas che li avvertiva che erano quasi arrivati«Ragazzi tenetevi forte,atterriamo».

In città furono accolti bene come al solito,era una città di guerrieri con edifici in ferro esteticamente brutti ma molto resistenti, si divideva in strade sempre più strette che partivano tutte da una piazza al centro della città, l'unico edificio che non era di ferro era un grosso palazzo di pietra al centro della piazza principale, all'ingresso del palazzo c'era scritto "Ordine dei cavalieri di draghi e consiglio dei guerrieri", quell'edificio era in un certo senso al comando della città.

Michen e Judit vennero accompagnate in una parte della città più nascosta dove stavano le mogli, le madri dei guerrieri e i loro bambini, quella parte della città era completamente diversa dal resto, le case erano di pietra e marmo e c'erano botteghe e negozi, quella era la zona abitata mentre la prima parte era tutta per l'addestramento dei soldati e dei draghi.

Rock e Querell, invece, furono accompagnati all'interno del palazzo dell'Ordine dove gli fu fatto fare un giuramento di pace verso la città, era una procedura che serviva ad evitare rivolte e che dovevano fare tutti i cittadini uomini che abitavano o soggiornavano in città.

Appena fatto questo giuramento furono accompagnati dalle loro compagne nella zona abitativa.

Quella sera i quattro parlarono un po,Judit propose.

«Secondo me per sconfiggere Marshal ci serve un vero esercito, libereremo ad una ad una ogni città fino ad arrivare alla sua capitale, dove una volta c'era Rhatos, parleremo con il generale dell'Ordine e proporremmo un alleanza contro Marshal».

Rock«Hai pienamente ragione,un esercito di uomini, draghi e maghi sarebbe veramente forte ma chi ti dice che accetteranno di unirsi a noi?».

«Accetteranno perché come noi loro vogliono combattere per la libertà del regno e poi lasciate parlare me vedrete che li convincerò». Rispose Judit.

Michen invece non era del loro parere «Secondo me invece sarebbe meglio continuare da soli, ci infiltreremo tra le linee e con la tua magia e la nostra forza libereremo tutti»

«Io invece sono dell'opinione che ci vorrebbe una buona strategia militare tra noi e loro per prendere Marshal di sorpresa»Propose Querell.

«Domani parlerò col generale e vi farò sapere». Concluse Judit con un sorriso rassicurante.

Judit venne ricevuta dal generale Reys, un uomo intelligente e astuto, molto muscoloso e con un occhio solo l'altro l'aveva perso in qualche battaglia negli anni passati sul campo,aveva il classico abito dell'Ordine un'armatura in pelle e un mantello blu,in mano il suo elmo migliore.

«Judit,cara non temermi solo per il mio aspetto un po spaventoso, come mai hai chiesto di parlare con me?».

«Ho una proposta, voi avete uno degli eserciti migliori del regno ed in più cavalcate draghi e questo sarebbe un grande vantaggio noi siamo solo in 4 e sarebbe un impresa con morte quasi certa senza quell'acqua sconfiggere il Demonio, mentre invece se unissimo il vostro esercito alla mia magia sarebbe tutta un'altra cosa, potremo elaborare qualche strategia per prenderli di sorpresa e cominceremo a liberare città per città fino a Rhatos dove io combatterò Marshal faccia a faccia».

Reys ragionò un pò su quello che Judit aveva detto, ci fu qualche istante di silenzio prima che il generale iniziò a parlare.

«Ammetto che l'idea è buona ma non credo che dei draghi e degli uomini qualsiasi riusciranno a uccidere dei demoni così».

«Devi sapere che i demoni sono semplicemente delle anime che non hanno trovato pace con la loro morte che sono state intrappolate chissà dove e Marshal è riuscito a liberarli ed a sottometterli al suo potere, il fuoco e delle spade incantate basteranno per ucciderli».

«Se le cose stanno così,il mio esercito è a tua disposizione, elaboriamo una strategia e poi tu renderai le nostre spade magiche così da riuscire ad uccidere ogni demone anche senza draghi, quando saremo pronti partiremo per liberare le prime città».

«Ero sicura che saresti stato d'accordo, chiameremo uomini da tutto il regno libero, chiunque sia in grado di combattere potrà unirsi a noi in questa guerra ed insieme toneremo quel meraviglioso regno che siamo sempre stati».

Judit uscì dal palazzo e tornò dagli altri.

«Ragazzi, mi ha detto che si uniranno a noi in questa lotta e già da domani inizieremo i preparativi, entro 20 giorni saremo pronti per sferrare il primo attacco».

La giornata continuò tranquilla in mezzo ai pensieri un po di tutto, Judit continuava a pensare a sua madre "Madre oggi sono in passo più vicina a te, assieme all'esercito di draghi libererò ogni città che incontrerò sulla mia strada e prima o poi ti troverò,mi manchi,arrivo...".

8.Ricordi

A Jorg,Diantha stava girando per la città in cerca di una anziana signora di nome Ailea perché voleva conoscerla per chiederle di sua figlia.

Ailea viveva in una casetta molto piccola, diversa da tutte le altre, aveva il tetto molto rovinato e senza qualche tegola, i muri cadevano a pezzi ed era piena di muffa, sembrava che nessuno se ne prendesse più cura da anni.

Diantha bussò alla porta,anche questa molto logora e antica, una anziana signora bassa e dall'aspetto un po trasandato, la fece accomodare e poi iniziò a parlare

«Ho sentito che tu hai una figlia che dovrebbe salvarci».

«Si, lei sta arrivando ne sono sicura non so quando ma lei prima o poi libererà il Regno da Marshal e tutto tornerà come 20 anni fa, prima che lui arrivasse, le città saranno ricostruite, i morti verranno seppelliti e noi ricominceremo finalmente a vivere senza la paura di venire ingoiati dalla sua oscurità».

«Ricordo bene come fosse il mondo prima di tutto questo, qua a Jorg si viveva benissimo, ora invece siamo solo una fortezza che potrebbe cedere da un momento all'altro, avevamo tanti abitanti e vivevamo in pace, avevamo anche un re morto in battaglia contro i demoni, io avevo una bottega di oggetti in ceramica e il mio defunto marito invece era il fabbro migliore della città, si stava bene, prima di questo, prima di Marshal».

«Il giorno che mi ha rapita quell'essere, ho combattuto con il mio sposo per salvare Judit, lui è stato ucciso mentre io sono stata rapita, Marshal mi ha portata nel suo palazzo, sono stata torturata, ho difeso mia figlia nella speranza che lei un giorno vendichi ogni morto e ogni persona che ha subito perdite con questa stupida guerra, sono certa che quando lei arriverà la sua luce illuminerà il buio che ci circonda e il sole risplenderà illuminando e scaldando le nostre giornate».

«Quanti anni ha la tua bambina?».

«12, ormai quasi 13 ma è una bambina intelligente non lasciarti ingannare dall'età lei sa cosa fare,lei sa come salvarci».

«Sono sicura che tua figlia ci salverà e molto presto la vedremo arrivare accompagnata da un bagliore luminoso e in quel momento sapremo che la fine dell'oscurità sarà vicina».

Le due si salutarono e Diantha torno nella sua casa, una casa piccola costruita con legno e chiodi, molto semplice ma era pur sempre un tetto che la proteggeva, aveva anche un piccolo camino di pietra che scaldava abbastanza in fretta tutta la casetta e su cui cucinava.

Sdraiata nel suo letto nei suoi pensieri riecheggiava un ricordo...

12 anni prima...

Judit stava per nascere,mentre i suoi genitori erano tranquilli a passeggiare nelle grandi pianure verdi che circondavano la loro casa arrivò un uomo grosso dall'aspetto un po rozzo che si presentò.

«Salve Diantha e Neil sono Rock, sono stato incaricato da un mago di una missione che potrebbe essere l'ultima speranza per questo mondo che sta per essere completamente devastato dal male, la bambina che sta per nascere avrà un potere unico,sarà la nostra salvatrice, Jammorn, il mago che mi ha inviato qua, ha lanciato incantesimo sulla vostra bambina, la bambina più pura che potesse nascere perché voi due avete un cuore privo di male e anche il suo lo sarà,quando compirà 12 anni partiremo verso la Città di Diamante dove imparerà come funziona la magia».

«Sto per far nascere una salvatrice?» Diantha era rimasta un po sbalordita dalle parole di Rock.

Si accomodarono in casa e Rock continuò il suo racconto. «Lei avrà un infanzia come tutte le altre bambine e non dovrà sapere molto del suo destino, quando nascerà sarà priva di poteri e non potrà causare inconvenienti, i suoi poteri verranno fuori solo dopo un'iniziazione da un mago molto potente che le insegnerà come usarli».

Dall'arrivo di Rock passarono 10 giorni poi il giorno era arrivato, Judit stava per nascere.

Dopo ore di travaglio finalmente Judit ora era in braccio alla madre che la fissava con un sorriso che solo una mamma con il suo bambino appena nato ha, era una bambina bellissima,i suoi lineamenti ricordavano molto quelli della madre, aveva gli occhi azzurri quasi color ghiaccio che fissavano quelli della madre,i suoi capelli erano stranissimi avevano un colore azzurro quasi blu che le davano qualcosa di unico, qualcosa di magico; per il resto era una neonata normalissima.

Passano i mesi e Judit cresce,inizia a muoversi gattonando e poi a camminare, mette i dentini ed impara a mangiare cose più solide rispetto al latte materno, andava pazza per le arance e la valle ne era piena, giocava con gli altri bambini che vivevano dove lei sembrava normale, ma aveva qualcosa di diverso dagli altri bambini, forse era lo strano colore dei capelli o forse erano i suoi occhi che avevano qualcosa di magico.

Con il compimento del primo anno iniziò anche a parlare, diceva poche parole ma riusciva a farsi capire era una bambina intelligente.

Con gli anni che passavano diventava sempre più bella, i suoi capelli diventavano sempre più lunghi e sempre più blu, lei capiva tutto quello che la circondava e aveva un legame con la natura molto forte,amava gli animali, qualunque animale per lei era bello.

Fino ai suoi 8 anni non successe quasi nulla fuori dal normale, a parte un giorno che lei iniziò a piangere senza un apparente motivo, dove cadevano le sue lacrime magicamente spuntava un fiore, nella natura lei si sentiva libera ma quel giorno c'era qualcosa che non andava lei non voleva uscire di casa, in quel momento stava male e la natura ne risentì il cielo fu invaso di nuvole e si alzò un forte vento accompagnato da una forte pioggia, forse fu una semplice coincidenza ma sembrava che la natura stesse male quando Judit piangeva, Diantha riuscì in qualche modo a tranquillizzarla e quando si fu calmata anche il tempo migliorò, forse l'unico momento che la sua magia si mostrò prima del suo viaggio fu proprio quello per il resto lei sembrava una normale bambina.

Il giorno che fu rapita Diantha era sicura che Judit l'avrebbe ritrovata viva perché il loro legame era fortissimo e se si fosse rotto la sofferenza di Judit avrebbe distrutto ogni cosa compreso l'impero oscuro e Marshal lo sapeva, l'aveva rapita solo perché prima o poi Judit sarebbe venuta a salvarla.

Fohrt,presente...

Nel cielo volavano i draghi dell'Ordine e Judit li fissava pensando al giorno che sarebbero partiti verso il confine a avrebbero liberato ogni abitante ancora vivo dall'oscurità, quella era la sua missione, lei avrebbe salvato il mondo, lei avrebbe sconfitto Marshal.

Il compleanno di Judit si avvicinava ma a lei poco importava di festeggiare, i suoi pensieri erano tutti per la sua missione ma si concesse un po di tempo per stare insieme agli altri e festeggiare i suoi 13 anni, era una ragazzina ancora giovane ma non importava l'età era intelligente e avrebbe salvato il mondo ne era sicura, si avvicinava anche sempre più il giorno di partire per la battaglia, lei era pronta,tutti erano pronti, mancava poco e loro sarebbero partiti forse non sarebbero mai tornati, forse avrebbero fallito, forse sarebbero morti o sarebbero stati rapiti ma loro erano pronti,volevano salvare il mondo e ci sarebbero riusciti grazie a Judit, lei era destinata a salvare tutto,lei era la salvatrice.

9.Senza speranza

All'interno della sua torre,Marshal osservava soddisfatto il suoi impero che per adesso sembrava inattaccabile e in continua espansione quasi senza resistenza, lui sapeva che Judit sarebbe arrivata da un momento all'altro ma non era preoccupato di questo perché era sicuro che l'avrebbe battuta facilmente, stava sottovalutando i poteri della ragazza.

Dall'alto della sua torre si vedeva l'orribile panorama creato dalla sua oscurità, dove una volta si estendevano le immense praterie verdi piene di alberi e di fiori ora c'era solo un mucchio di cenere e arbusti bruciati, il panorama era tutto nero, caduto in un buio senza fine,dove una volta sorgevano meravigliose città ora c'era un mucchio di detriti e legno bruciato, i corsi d'acqua purissima avevano lasciato il posto a un denso liquido nero puzzolente.

Agli occhi del Demonio questo panorama era perfetto, per lui le tenebre dovevano distruggere qualsiasi cosa incontravano.

Stava camminando per la sala principale della sua torre osservando la distruzione portata dalla sua oscurità soddisfatto e si compiaceva della sua opera di distruzione, l'unica cosa che interrompeva quell'orrido panorama era Jorg, la città della resistenza che come un bagliore di luce illuminava una piccola parte di quella oscurità.

I suoi pensieri furono interrotti da un bagliore azzurro che per qualche istante l'oscurità, un boato e poi tutto torna buio come se non fosse successo nulla.

Marshal chiama a se il suo scagnozzo. «Gortix,cos'è stato a provocare quella luce?!?».

«Mio signore, dei prigionieri sono fuggiti, tra di loro c'era un mago che ha creato uno strano raggio uccidendo alcune guardie e dando il tempo ai ribelli di scappare»

«Razza di imbecille com'è potuto succedere, non andranno lontani, ora muoviti prendi qualche demone e vagli a riprendere».

«Ma signore sono andati a Jorg sarà impossibile recuperarli, quella città è protetta da una grande magia non ce la faremo mai».

«Stupidate la mia magia basterà sicuramente a rompere il loro scudo, ma non vale la pena sprecare energie per un branco di inutili vite».

«Signore, anche la donna che avete rapito 4 anni fa era tra loro...». Non riusci a terminare la frase, Marshal era su tutte le furie.

«Imbecille, sai quanto lei sia importante,lei è la madre di quella ragazzina destinata a sconfiggermi, mi occuperò io di quelle persone, aspetterò il momento giusto e partirò, organizza un po di demoni che finalmente prenderemo anche Jorg sotto la nostra oscurità».

Gortix si inchina ed esce.

Rotthern, un altro uomo di Marshal, aveva sentito tutto, lui ormai non stava più sotto i controlli di Marshal e infatti aveva aiutato i ribelli a scappare; decise che avrebbe avvertito gli abitanti di Jorg di quello che sarebbe accaduto.

Preparò le sue cose organizzò la fuga e ci mise molto tempo perché la maggior parte del tempo era con Marshal, ma quando furono pronti per attaccare Jorg lui approfittò di una distrazione e scappò, corse più veloce che poteva e in pochi minuti raggiunge la città, all'inizio non volevano farlo entrare ma riuscì a convincerli dicendo di aver tradito l'Oscuro.

«Ascoltatemi tutti, Marshal è venuto a sapere della fuga di alcuni ribelli, in particolare di una donna, e ha deciso di venire a riprenderli in poche ore sarà qui e con la sua magia riuscirà sicuro a rompere lo scudo, combatterò al vostro fianco e morirò se servirà perché sono stufo dei comandi di quel mostro, se tutto dovesse finire male l'ultima speranza sarebbe nella giovane salvatrice e speriamo che arrivi perché Marshal sta diventando sempre più potente...»

«Eccolo!!». Le urla di qualcuno interrompono il discorso di Rotthern, in lontananza una grossa figura nera si avvicina, al suo seguito un numeroso gruppo di demoni, non ce la potevano fare erano veramente troppi e troppo forti, Judit rimaneva la loro unica speranza.

In un angolo Diantha piangeva pensando alla sua bambina "Ovunque tu sarai in questo momento so che stai preparando l'attacco all'oscurità o forse sei già partita verso il confine delle terre libere, qua Marshal sta per conquistare la città e forse mi ucciderà, tu libera il mondo e distruggi quell'essere in onore di tutti i morti e di chi sta soffrendo per le sue azioni, vieni a salvarci Judit, ci resti solo tu,va tutto male qua e non so cosa succederà adesso ma spero che presto ti vedrò arrivare,buona fortuna piccola mia ".

In poco tempo lo scudo cedette, Marshal e i demoni iniziarono a invadere la città e anche l'ultimo bagliore di luce, l'ultima città libera nei territori dell'oscurità fu conquistata e distrutta, le nubi coprirono tutto e l'oscurità ricoprì i resti di Jorg e della pianura circostante.

A Fohrt Judit e Michen stanno parlando dell'attacco che sarebbe iniziato pochi giorni dopo...

«Michen, sei pronta? Tra pochi giorni combatteremo per le terre libere e sconfiggeremo Marshal, prima dovremo liberare le città fino a Jorg poi io andrò a Rhatos dove combatterò con quell'essere».

«Sono un po spaventata ma sono sicura che ce la faremo insieme e con l'esercito di draghi siamo molto forti e poi abbiamo la tua magia che potrebbe essere un grande aiuto in più».

«Sono contenta che tu ti sei unita alla nostra missione e sono sicura che ce la faremo, il bene trionfa sempre e quando tutto sarà finito ricostruiremo il regno mattone dopo mattone, ci vorrà tempo ma tutto ricomincerà a tornare normale...».

Una strana sensazione fece rabbrividire Judit, si era accorta di non sentire più sua mamma come sentiva da quando lei era arrivata a Jorg,le doveva essere successo qualcosa.

«E' successo qualcosa a mia madre non riesco più a

sentirla». Judit era sconvolta da quella sensazione,chissà cos'era successo a sua madre.

«Cosa è successo Judit?». Michen prova a consolare la sua amica.

«Da quando,quella sera nel deserto, ho sentito mia madre che era ancora viva e non ho più smesso di sentirla ma ora non la sento più, le deve essere successo qualcosa, potrebbe essere morta o forse Marshal l'ha ricatturata spero che sia ancora viva e la cercherò in ogni città che libereremo, ogni volta che non la troverò questo mi spingerà ancora con più rabbia e più convinzione ad annientare l'oscurità e se fosse morta potrei anche morire ma Marshal finirà di seminare il terrore nel regno,lo ridurrò in cenere, pagherà per ogni singola vita uccisa, per ogni città distrutta e per ogni altra azione terribile che ha compiuto in questi anni,ti do la mia parola di salvatrice,io lo sconfiggerò».

Judit era seriamente intenzionata a distruggere Marshal e i suoi demoni, lei voleva ritrovare sua madre viva e se fosse morta la sua rabbia avrebbe fatto si che nessuno la potesse fermare dal suo scopo, uccidere quel mostro che per troppi anni ormai stava devastando la sua terra, quella terra dove un tempo le persone vivevano felici tra prati, laghi e mari, quella terra dove la magia veniva usata solo per scopi buoni e per far divertire le persone, quella terra dove le città erano bellissime, quella terra che sarebbe tornata al suo splendore perché Judit ora più che mai era convinta di riuscire nella sua missione.

Judit-la Salvatrice

A Jorg le cose si mettono male...

L'oscurità aveva invaso ogni cosa,niente si muoveva, tutto era nascosto nel buio; Jorg non esisteva più ora c'erano solo detriti e fuoco, Marshal ora dominava completamente la maggior parte dl Regno delle 10 Terre.

Diantha era tornata nella sua cella dove sarebbe rimasta finché, forse, non sarebbe arrivata Judit ora insieme a lei c'era anche Rotthern che era stato scoperto da Marshal ed era stato accusato di tradimento, Marshal l'avrebbe ucciso o forse peggio torturato.

«Ce l'avevamo fatta, eravamo salvi e tutto andava bene,sta volta pensavo che ce l'avremo fatta davvero forse Judit non arriverà mai, forse non c'è più speranza, forse non c'è più una terra libera, forse è tutto finito».

Diantha era demoralizzata ed era diventata pessimista, aveva paura che sarebbe morta in quella cella senza che nessuno fosse venuto a salvarla.

Rotthern invece era più ottimista,per quanto si possa esserlo in quelle condizioni.

«Non dire così vedrai che arriverà e ci libererà tutti, sicuramente sarà già partita con qualche esercito, siamo lontani dal confine e ci vorrà tempo prima che arrivino qua ma sono sicuro che prima o poi li vedremo arrivare portando luce e libertà, libereranno tutte le città una per una,poi lei sconfiggerà Marshal e saremo tutti liberi da questa maledetta oscurità, ne sono sicuro,sta arrivando».

«Ormai fatico a crederci, non ho più speranze di poter riabbracciare la mia bambina, forse avrai ragione te ma io adesso son troppo triste e demoralizzata per pensare positivo».

«Sta tranquilla, arriverà».

Intanto Marshal dalla cima della sua torre osservava di nuovo l'orrido panorama.

«Gortix guarda, ora si che il panorama mi piace non c'è più quella inutile città che illuminava la mia oscurità».

«Padrone concordo questo è fantasticamente orribile per i miei occhi, cosa avete intenzione di fare con quella donna e Rotthern?».

«Lei dovrà rimanere in vita finché non arriverà quell'inutile bambina mentre per quel traditore devo ancora decidere come fargli pagare questo affronto verso di me, quando arriverà la bambina userò sua madre a mio favore, nessuno mi fermerà, io sono Marshal il terribile, nessuno mi può fermare io vinco sempre».

Un'inquietante risata malefica concluse il suo discorso,lui non immaginava nemmeno di cosa fosse capace Judit, e ora che l'aveva fatta arrabbiare doveva avere paura ma lui invece era sicuro di se,forse troppo......

10.Senza paura

Fohrt era avvolta da un silenzio innaturale, rotto solo dal vento e dai rumori della natura, draghi e uomini erano schierati fuori dalle mura e tutti si stavano preparando, erano giunti uomini da tutto il regno,più di mille persone stavano per partire verso la guerra finale, dopo anni di sofferenza quello era il

momento giusto per finire questo strazio, erano pronti.
Judit aveva incantato tutte le spade,tutte le frecce e tutte le armi che c'erano in modo che potessero uccidere i demoni, quel giorno era il giorno della verità, a bordo dei draghi sarebbero arrivati al confine in poche ore, era l'alba il momento giusto per partire col sole che sorgeva ma era ancora basso il panorama si stava illuminando.

Il silenzio fu interrotto dalle parole di Judit. «E' arrivato il giorno che tanto aspettavamo, uomini e donne che vi siete uniti a noi vi ringrazio, sarà grazie a voi e a questi splendidi draghi se riusciremo a sconfiggere le tenebre e a riportare la pace nel nostro regno, una volta eravamo liberi e spensierati, vivevamo tranquilli in mezzo a paesaggi incredibili dove vivevano creature meravigliose, ora tutto questo rischia di finire ma noi lo impediremo, combattete senza paura e ne usciremo vittoriosi, Marshal la pagherà per le sue azioni, libereremo le terre fino a Rhatos poi io mi batterò con quel mostro infernale». Il suo esercito la ascoltava come un vero generale, tutti erano concentrati e pronti per la battaglia, tutti avevano un solo scopo la libertà.

Il sole iniziava a salire dietro le montagne e Judit continuò il suo discorso. «Miei combattenti è giunto il momento di partire, facciamo vedere a quel demone cosa vuol dire far arrabbiare un popolo di eroi, pieno di magia e che non si arrende mai, siete pronti?!?».

Un potente urlo si alzo dall'esercito, fece tremare la terra sotto i loro piedi da quanto era potente, i draghi scaldavano le ali, i cavalieri dicevano qualche preghiera per avere gli dei a favore e Judit fissava verso il confine pensando alla madre e alla sua missione. "Marshal stiamo arrivando non abbiamo paura e siamo in tanti, dovrai temerci e tu non immagini nemmeno cosa sono capace di fare, è arrivato il momento di farla finita e tu ne uscirai sconfitto, siamo arrivando e non ti temiamo più ormai per te è giunto il momento di arrenderti e dovrai inchinarti al mio potere, io ti sconfiggerò e ti prometto che non avrò pietà nei tuoi confronti perché ormai da troppi anni stai distruggendo il nostro bellissimo regno, senza paura noi stiamo arrivando e per te sarà la fine".

Uomini e donne salirono in cima ai draghi due o tre per drago poi in battaglia ce ne sarebbe rimasto solo uno a comandare il drago mentre gli altri sarebbero scesi a combattere a terra, iniziarono a volare,sotto di loro c'era il deserto, sorvolarono Origin e da terra venivano acclamati con forti urla di incoraggiamento anche il re e la regina erano usciti in strada a vederli passare e parlavano della loro figlia.

Lidia da terra parlava con Rasher. «Sono preoccupata

per Michen, questa missione è pericolosa potrebbe non tornare e io non ce la farei a sopportare un colpo simile»

«Non ti preoccupare, è una ragazza sveglia e forte vedrai che riuscirà a tornare forte e sana, libereranno il regno dal male e potremmo tornare a vivere come prima, senza la paura di essere attaccati e di cadere nell'oscurità».

«Io però mi preoccupo perché non sarà facile per loro combattere quei demoni e perderanno molti uomini, Judit, Querell, Rock e Michen sono quattro ragazzi in gamba e sono sicura che sanno cosa fare ma quando sei lì sul campo di battaglia non è facile riuscire a mantenere i nervi saldi».

I due comunque speravano di ricevere presto buone notizie dal confine.

In cielo intanto Judit e Querell si preparano alla battaglia. «Judit, se tutto dovesse andarmi male e dovessi morire voglio che tu vada da mio padre, se è sempre vivo, e devi dirgli che sono morto ma che ho combattuto valorosamente per il regno».

«Tu non morirai!, noi sconfiggeremo le tenebre senza che tu o Rock o Michen dobbiate morire, si avremo perdite ma noi quattro non moriremo me lo sento,comunque se dovesse succederti qualcosa farò in modo che la tua morte non sia stata inutile».

«Sei molto ottimista Judit,io invece ho paura, ho paura che non ce la faremo, che non ci sia più speranza ormai, spero di sbagliarmi ma non sarà facile combattere sopratutto nell'oscurità si vede pochissimo e dovremo stare attenti a qualsiasi cosa attorno a noi».

«So benissimo che non sarà facile ma noi ce la faremo senza troppe perdite e ogni perdita ci darà la forza di continuare a combattere sempre più convinti e sempre più arrabbiati, vedrai che ce la faremo».

Parlando parlando sorvolarono la capitale, anche lì vennero acclamati Amalia era da sola nel suo palazzo perché Lancom era partito per la battaglia.

Da buona regina rivolse un discorso alla sua città

«Eccoli lassù, li vedete? Sono la nostra ultima speranza di salvezza noi pregheremo perché l'unica cosa che possiamo fare è pregare per questi eroi che stanno rischiando la vita contro le truppe di Marshal, sono sicura che torneremo ad essere un regno libero e senza problemi, senza guerre e senza nessuna preoccupazione». Il popolo la acclama e tutti concordano con le sue parole anche se alcuni hanno perso la speranza ormai da tempo. «Quando tutto sarà finito ricostruiremo ogni casa, ogni tempio,ogni piazza, ogni palazzo e tutte le città recupereranno il loro splendore perché noi siamo un popolo forte, un regno magico e non permetteremo mai più che una creatura abbia un potere cosi grande e nessuno mai più ci ridurrà alla disperazione e al terrore di essere uccisi o sottomessi da un giorno all'altro, noi risorgeremo e saremo più forti di prima, i nostri uomini stanno per dare inizio alla battaglia finale e sono sicura che in un modo o nell'altro ne usciranno vittoriosi, Judit è una ragazza in gamba e i suoi poteri sono veramente potenti, è arrivato il momento per noi di unirci attorno a loro e sperare nella buona riuscita della missione, in nome di tutti noi scenderanno sul campo di battaglia e onoreranno il regno».

In città scoppiò un grande boato, quel discorso aveva ridato speranza a tutti, qualcuno era ancora scettico ma la maggior parte ora credeva nella libertà.

In cielo il volo verso il confine continuava abbastanza tranquillo, più si avvicinavano più i soldati erano spaventati ma anche determinati a combattere e a dare anche la vita se serviva per salvare il regno.

Judit, Querell, Rock e Michen che erano stati i primi a partire per quella missione comandavano con i due draghi più grandi davanti a tutti,atterrarono vicino al confine dove Judit avrebbe fatto l'ultimo discorso prima della battaglia.

Judit-la Salvatrice

«Oggi scriveremo una pagina importante nella storia del nostro regno, se ne usciremo vittoriosi verremo ricordati come eroi che hanno salvato il regno e non ci spaventano le migliaia di demoni che ci verranno contro, oggi noi inizieremo con la prima battaglia di questa guerra per salvare tutto dal potere di Marshal, è arrivato il momento per noi di trasformarci in eroi nel nome del nostro regno,in onore di tutti i morti e per riconquistare la nostra libertà».

Tutti i territori liberi attendevano di ricevere notizie, dalla Città di Diamante ad Origin e fino alle più remote terre sapevano che quel giorno sarebbe iniziata la guerra finale e che da questo dipendeva il futuro di ogni persona, il futuro del regno.

Judit continua il suo discorso. «Ancora pochi istanti e colpiremo di sorpresa le truppe che stanno lungo il confine, credo che entro il tramonto libereremo Thyos, Roplis e Yerk, le prime città che incontreremo. Spero entro domani di arrivare vicino a Jorg senza troppe difficoltà, ho fiducia in voi, siamo un esercito ben formato e combattiamo tutti per un solo motivo, liberare la nostra terre,quella terra dove siamo tutti nati e dove tutti moriremo ma non oggi, signori miei oggi inizia la nostra rivolta all'oscuro».

11.Senza ritorno

Judit concluse il suo discorso. «Arrivati a questo punto non torneremo più indietro, combatteremo con tutte le forze che possediamo, prevedo che subiremo perdite ma spero che siano poche e che potremo tornare vivi più della metà almeno, ora è arrivato il momento di scendere in battaglia,buona fortuna e speriamo che gli dei siano con noi».

Davanti a loro le tenebre,incoscienti di loro, oscuravano qualsiasi cosa e un improvviso silenzio precede l'urlo di battaglia dell'esercito libero, Judit illumina la prima linea delle tenebre davanti a loro, a quel punto i demoni avevano capito di essere sotto attacco e si preparano alla battaglia.

I due eserciti erano schierati, da una parte i mille uomini comandati da Judit dall'altra il ben più numeroso esercito dei demoni; in un secondo scoppiò la battaglia, a terra uomini e donne con le loro armi incantate distruggevano le anime perse dei demoni trasformandoli in cenere e fumo mentre dall'alto i possenti draghi bruciano i demoni alati e illuminano sempre di più quell'oscurità che da anni non indietreggiava di un millimetro e che ora metro dopo metro perdeva terreno, i demoni però erano veramente tanti e l'esercito di Judit subì alcune perdite ma, per ora, restarono contenute e la battaglia infuocava sempre più.

Stavano guadagnando sempre più terreno, in lontananza si avvistava già Thyos, la prima città sulla loro strada, prima di tutto questo era detta la città del cibo perché lì vivevano i migliori cuochi, panettieri e pasticcieri del regno, ora al posto dell'odore di dolci c'era una forte puzza di zolfo e tutto era distrutto, della città restava solo una piccola statua raffigurante

Athios, il dio del benessere.
I resti ancora fumanti della città erano sempre più vicini e i demoni diminuivano sempre di più.

A Rhatos Marshal apprende la notizia dell'attacco al confine...

Gortix entra molto nervoso nella stanza di Marshal.
«Signore porto una brutta notizia, siamo sotto attacco, la salvatrice ed il suo esercito guadagnano terreno velocemente, ormai sono quasi a Thyos e dubito che si fermeranno lì».
«I nostri demoni sono più forti e più numerosi, li uccideremo facilmente, ucciderli così sarà ancora più bello, poveri illusi».
«Mi duole contraddirvi signore, ma loro stano uccidendo molti dei nostri combattenti, cavalcano draghi e usano la magia i nostri demoni stanno drasticamente diminuendo».
Marshal molto contrariato inizia ad imprecare contro il povero Gortix.
«Gortix manda tutti i nostri demoni verso la battaglia, voglio vedere come faranno se anzi che un quarto del nostro esercito devono affrontare l'esercito completo».
Gortix eseguì i comandi e una mandria di demoni

partì da Rhatos verso la battaglia.

Le truppe libere arrivano a Thyos...

«Fermi, riposatevi abbiamo ucciso tutti i demoni che erano qua possiamo riposarci un po, sono fiera di quello che avete fatto finora,ma questo è solo l'inizio. Adesso riposatevi e domattina all'alba ripartiremo per la nostra missione». Judit si complimentò con i suoi ignara che stavano arrivando molti più demoni verso di loro.

Rock e Judit erano tranquilli a parlare credendo che non avrebbero avuto problemi per un po.

«Rock, visto oggi abbiamo fatto un grande passo avanti ma ora dobbiamo stare più attenti che mai siamo in pieno territorio delle tenebre potrebbero attaccarci da un momento all'altro».

«Si oggi è stato un giorno importante ma ci manca ancora molto prima della fine, Marshal avrà iniziato a temerci e starà mandando altri demoni verso di noi».

«Noi combatteremo tutti i demoni che arriveranno e non ci arrenderemo mai, ora riposati io farò la guardia per sta notte».

«Judit, sono orgoglioso di te, stai facendo qualcosa di incredibile e ogni giorno che passa ti vedo sempre più forte,sempre più matura, sono felice di come sei diventata e spero che continuerai a crescere su questa strada maturando sempre di più».

«Rock, sto facendo il possibile per compiere il mio destino, sono lieta che tu sia felice di come sono diventata ma il nostro cammino non finisce qua anzi manca ancora molto per la fine ma ce la faremo me lo sento».

Le prime ore della sera trascorsero tranquille e tutto sembrava calmo ma ad un certo punto uno strano rumore attirò l'attenzione di quelli ancora svegli.

«Stanno arrivando altri demoni». Gridò qualcuno.

Tutti si svegliarono bruscamente e si prepararono ad un'altra estenuante battaglia, Rock era in prima linea assieme a Judit, Querell e Michen.

La battaglia iniziò, i demoni erano molti di più di quelli che avevano affrontato prima ed era difficile tenergli testa, nella confusione generale un urlo attira l'attenzione di Judit.

«Rock,no!!». Rock era stato trafitto da un demone e sarebbe morto,Judit corse velocemente verso di lui.

«Judit, non fermarti continua a combattere, io il mio dovere l'ho fatto, ti ho portata fino a qui ed ora tocca a te finire ciò che abbiamo iniziato, come hai detto tu la strada è ancora lunga ma sei una ragazza molto sveglia e forte e sono sicuro che te la caverai anche senza me».

«Non puoi morire, Rock mi sei rimasto solo tu se mia madre è morta ora sono sola, non potrò mai ringraziarti per tutto quello che hai fatto nella mia vita, non te ne puoi andare cosi ho ancora bisogno di te, Rock ti prego rispondimi, Rock».

Rock non riuscì nemmeno a risponderle la ferita era troppo grave ed ha perso tanto sangue, morì pronunciando qualcosa di incomprensibile, questo fece riempire Judit di rabbia e tristezza.

«La tua morte non sarà inutile, io ti vendicherò».

Judit ora era una furia uccideva demoni a colpi di spada molto velocemente, affiancata da Querell avanzavano in mezzo ai demoni.

Nel trambusto generale della battaglia Michen rimane ferita e cadde a terra, urlò per attirare l'attenzione di Judit. «Judit, aiuto sono ferita,non riesco a camminare».

Judit si accorse della amica in difficoltà e provò ad aiutarla con una magia, un demone le fa perdere l'equilibrio e la magia partì verso il cielo.

Quando la sua magia incontrò la nube che li sovrastavano calando tutto nel buio, si aprì come un varco per qualche secondo e la luce del sole passò attraverso alla nube, Judit scoprì che il sole uccide i demoni e allora pensò ad un idea un po' rischiosa ma che poteva funzionare.

«Querell, tienili a bada per qualche secondo ho avuto un idea, forse riuscirò a decimare i demoni ma mi serve tempo».

«Judit qualsiasi cosa hai in mente fallo in fretta qua siamo in crisi, sbrigati!».

Judit concentrò tutti i suoi poteri e salì verso il cielo, tutti si bloccarono a guardarla, anche i demoni la osservavano incoscienti delle sue intenzioni.

Si avvicinò più che poteva alla nube poi rilascia i suoi poteri e dal suo corpo parte un onda luminosa che fece scomparire tutte le nubi più vicine, il sole uccise la maggior parte dei demoni e poi tutto tornò buio, i demoni restanti vennero uccisi senza difficoltà dal suo esercito, ora avevano campo libero per proseguire la loro invasione.

Judit atterrò dolcemente grazie ai suoi poteri e corse verso Michen.

«Come stai?».

«Bene è solo un graffietto me la caverò».

«Fa vedere».

Judit osserva la ferita, che è abbastanza grave ma con la sua magia la può curare senza troppi problemi.

«Ora userò la magia per curarti, farà un po male ma funzionerà».

Appoggiò le mani sulla gamba di Michen che si illuminarono e magicamente curarono la ferita, lei urla un pochino ma in pochi secondi la ferita era

scomparsa e la sua gamba era come prima.
«Ecco fatto sei come nuova».
«Grazie Judit, ha fatto un po male ma comunque adesso sto bene e questa è l'unica cosa che conta».
Era arrivato il momento di fare il punto della situazione, quel che rimane dell'esercito si radunò attorno a Judit e lei inizia a parlare.
«Abbiamo subito molte perdite, colui che mi ha accompagnato fin dall'inizio nel mio viaggio ha perso la vita per il regno e adesso tocca a noi concludere la missione, abbiamo inflitto un duro colpo a quel Demonio il suo esercito è stato sconfitto adesso arriveremo a Jorg tranquillamente, sempre se c'è ancora qualcosa là. Adesso abbiamo un grande vantaggio su Marshal, prima di ripartire i nostri morti saranno trasportati via drago fino alla capitale dove riceveranno il saluto che meritano,ora riposatevi, ve lo meritate e domani decideremo cosa fare».
Il discorso fu succeduto da un grosso applauso, Judit aveva fatto un'impresa, sopra le loro teste le nuvole stavano scomparendo e il tramonto illuminava i loro volti, un altro giorno era terminato.
Ci fu un via vai di draghi che portavano le vittime via dal campo di battaglia mentre gli altri uomini si riposavano, avevano fatto qualcosa di nemmeno immaginabile fino a qualche mese prima ed era solo grazie a Judit ed alla sua magia se adesso l'esercito dei

demoni non esisteva più.

Erano in vantaggio ma non avevano ancora vinto, Marshal li aspettava nel suo castello, ancora convinto di poterli battere.

Judit aveva fatto quello che era nel suo destino fin'ora ma adesso doveva fare il passo finale, sconfiggere Marshal, sarebbe dovuta andare a sconfiggerlo proprio lì dove tutto era iniziato, lì nella torre nera che spiccava in lontananza dominando quel tetro panorama, lei si sentiva pronta ma sentiva ancora il dolore per la perdita del suo compagno di vita, lui che l'aveva accompagnata fin dalla sua nascita adesso non c'era più, anche se questo la rendeva triste la spingeva ad andare là ancora più convinta di farcela, quello era il suo destino, quello era il momento giusto.

12.Ad un passo dalla fine

Marshal osservava la battaglia dalla sua torre, credendo di riuscire a sconfiggere Judit e il suo esercito perché il suo era più numeroso e più forte degli avversari, ma non aveva messo in conto i poteri di Judit che con poco sforzo annientò tutti i suoi demoni liberando così la strada verso di lui.

«Come è potuto succedere, Gortix,eravamo più forti e più numerosi come abbiamo fatto a perdere».

«Mio signore, i nostri demoni muoiono alla luce del sole e quella mocciosa ha aperto un varco nelle nubi facendo passare il sole che ha decimato le nostre truppe».

«Adesso verranno da me ma non riusciranno mai a battermi, nemmeno quella ragazzina potrà fermarmi perché io sono Marshal, il padrone assoluto dell'oscurità, io sono il male nella sua massima potenza,nessuno mi sconfiggerà mai, sicuramente crederanno di farcela ma non ce la faranno perché io sono invincibile e di certo non sarò sconfitto da quella insignificante ragazzina che viene da un villaggio senza nemmeno un vero nome, io vincerò ancora e continuerò a dominare con la mia oscurità tutto il regno!!! ».

Lontano dalla torre nera Judit e i suoi uomini continuavano la liberazione dall'oscurità dei territori che conquistavano ormai senza nessuna opposizione, liberarono le città fino ad arrivare a Jorg e scoprirono che anche quella era stata distrutta dalla follia di Marshal.

«Miei uomini e donne, siamo arrivati alla fine e adesso tocca a me, la vedete quella?».Indica la torre di Marshal.«Quella è la torre del demonio, lì è iniziato tutto e lì finirà, sono certa che sarà difficile per me tornare ma se servirà darò la mia vita per liberare il regno, ci riposeremo e quando sarà il momento giusto partirò verso il mio destino».

Tutti avevano ascoltato le parole di Judit come qualsiasi altro suo discorso ,ma in quel momento tutti si sentivano spaventati perché quella era la battaglia decisiva, Judit contro Marshal, la salvatrice contro il demonio, il bene contro il male.

Querell e Michen si avvicinarono a Judit per darle qualche incoraggiamento prima che partisse verso il suo destino.

Querell. «Judit, ormai è passato quasi un anno da quando siamo partiti e da quel momento sono cambiate molte cose, io sono cambiato, tu sei cambiata adesso siamo più forti e siamo ad un passo dalla pace, ad un passo dalla libertà per le nostre terre, *ad un passo dalla fine*».

«Ragazzi, non so se tornerò per abbracciarvi ancora una volta, non so se ritroverò mia madre e non so nemmeno se riuscirò a sconfiggere Marshal ma questo è il mio destino devo farmi forza e partire, spero solo che domani torneremo tutti a vivere come prima che tutto questo accadesse».

Michen si avvicinò di più a Judit e la abbracciò scoppiando in un pianto improvviso.

«Amica mia, questa missione era la tua ma io sono

stata felice di unirmi a voi perché il nostro regno aveva bisogno di ogni persona che potesse combattere per riconquistare la libertà, adesso la mia missione è finita ma la tua no, tu hai il passo più difficile da fare, spero che tu uscirai trionfante dalla torre e spero che appena tutto sarà finito potremo abbracciarci ancora una volta e insieme inizieremo a ricostruire ogni città, piano piano il nostro regno risorgerà più forte di prima ,ma adesso tocca a te, tocca a te eliminare definitivamente il male da questo regno».

Era arrivato quel momento che da tutta la vita l'attendeva, quel momento per cui negli ultimi mesi si era preparata, quello era il momento della battaglia finale, quella era il finale di quella tragedia durata già fin troppo.

I tre si salutarono e Judit si concentrò sul suo obbiettivo "Finalmente è arrivato il mio momento, solo io adesso posso salvare questa povera gente innocente caduta sotto la pazzia di un demone, Marshal sto arrivando e adesso dovrai temermi perché è solo colpa tua se mio padre, Rock e tutte le altre persone morte per questa guerra non ci sono più, io te la farò pagare e se servirà darò la mia vita pur di fermarti,sto arrivando e per te sarà la fine".

Dall'alto della sua torre Marshal osserva il suo impero

del male andare in frantumi ,la sua oscurità lasciava il posto ad un timido sole che si faceva spazio tra le dense nubi nere, a lui rimaneva solo la sua torre, poco distante da lui Judit si preparava ad affrontarlo ma lui era ancora sicuro di riuscire a batterla facilmente, forse la stava sottovalutando troppo.

Nella sua stanza entrò frettoloso Gortix che gli annuncia l'arrivo di Judit.

«E' qui».

«Lasciatela passare e portate quassù la madre».

Gortix uscì dalla stanza e tornò dopo qualche minuto con Diantha e la chiuse in una gabbia sul lato della stanza.

«Mia figlia è arrivata e te la farà pagare per tutti i tuoi crimini, tu non immagini nemmeno di cosa sia capace...».

Non riuscì nemmeno a finire che davanti a loro comparve Judit.

«Finalmente sei arrivata, sei in ritardo ti stavo aspettando, tu credi di riuscire a battermi, io non credo proprio che tu abbia speranze». Marshal conclude con una delle sue risate malefiche.

«Io sono Judit, io sono destinata e fermarti e oggi il mio destino si compirà, tu mi stai sottovalutando ma i miei poteri sono più di quanti tu possa immaginare, è arrivata la tua fine, è troppo tempo che stai facendo quello che vuoi uccidendo persone e distruggendo città, è il momento di farla finita».

Calò il silenzio, la battaglia ebbe inizio Marshal tirò fuori una gigantesca spada infuocata e Judit la sua spada magica, iniziarono a duellare e Marshal sembrava in vantaggio Judit affannava e riusciva a combattere a stento ma non si arrendeva, combatterono per qualche minuto finché Marshal con un colpo di spada disarma la sua avversaria che a causa del colpo cade a terra, credeva di avere vinto, lei era indifesa in un angolo lui si avvicinava lentamente a lei, alzò la sua spada e con tutta la forza che aveva la spinse verso di lei, ormai aveva vinto, o almeno cosi sembrava.

La sua lama arrivò a sfiorare il volto di Judit ma all'improvviso si bloccò ,Judit brillava, aveva gli occhi completamente bianchi non si distingueva più la pupilla dal resto, il suo cuore accelerò i battiti, Marshal non ebbe nemmeno il tempo di ragionare, una grossa sfera bianca avvolse prima Judit e poi anche lui, era intrappolato, non riusciva più a muoversi, era impotente davanti al potere di Judit.

«Questa è la tua fine Marshal, ho vinto io e tutto il regno tornerà libero, tu hai perso».

Con un gesto della mano di Judit la sfera esplose, da tutto il regno si vide una grossa onda d'urto bianca provocata dall'esplosione, le nubi scomparvero e su tutto il regno adesso splendeva il sole, ce l'aveva fatta aveva eliminato l'oscurità adesso il suo regno era finalmente libero, nella torre dopo l'esplosione rimasero solo della polvere che era Marshal ed il corpo inanime di Judit per terra.

Sua madre aveva osservato tutto dalla sua gabbia,in lacrime chiamò a se Gortix e gl'impose di liberarla.

«Tu, vieni a liberarmi ormai tutto è finito e voi avete perso lasciami andare».

Gortix aprì la gabbia e lei corse verso la sua bambina «Judit svegliati, ce l'abbiamo fatta anzi ce l'hai fatta hai sconfitto Marshal e adesso siamo liberi, dai Judit non può finire così». Dai suoi occhi scesero delle lacrime che solo una madre che tiene in braccio il corpo inanime dalla figlia poteva avere.

Judit continuava a non dare segni di vita e sua madre temette il peggio, la caricò in braccio e scese le alte scalinate della torre, fuori una folla lì attendeva sperando in qualche buona notizia finalmente, poggiò sua figlia ai suoi piedi ed inizia a parlare.

«Marshal è stato sconfitto ma purtroppo la nostra Judit non ce l'ha fatta, l'esplosione li ha uccisi entrambi, lei è stata un'eroina, lei ci ha salvati, lei ha dato la vita per compiere il suo destino ed è riuscita a salvare il suo regno,adesso...».

Non riuscì a finire di parlare, Judit si illuminò di nuovo della strana luce bianca, intorno a lei tutti la osservavano senza sapere cosa stesse succedendo.

Judit-la Salvatrice

La luce si spense e lei sembrava ancora senza vita, ma pochi secondi dopo aprì gli occhi e tutti la acclamarono, lei li aveva salvati ed ora poteva finalmente prendersi i ringraziamenti che lei più di tutti meritava, era giunta la fine di quell'incubo ed era sopratutto merito di questa ragazzina di tredici anni. Adesso il regno era libero e tutto sarebbe tornato come prima che questo accadesse, le città sarebbero state ricostruite e le vite sarebbero riprese normalmente, forse quel periodo non si sarebbe mai più cancellato dalle menti degli abitanti ma tutti avevano voglia di andare avanti, di riprendere le proprie vite nella speranza che cose del genere non accadessero mai più.

Epilogo

Tutto era finito,il male era stato sconfitto ed ora era arrivato il momento di ricostruire,di ricominciare a vivere; Judit, Querell e Michen furono premiati per quello che avevano fatto.

Alla Città di Diamante, Amalia e Lancom si complimentarono con i tre ragazzi.

«Vi ringrazio a nome di tutto il regno, siete riusciti a liberarci finalmente dall'oscurità ed ora il nostro regno potrà ritrovare il suo massimo splendore, inizieremo a ricostruire tutto il prima possibile ma adesso festeggiamo la nostra libertà».

Judit, che aveva ritrovato le forze, si affacciò dal balcone che dava sulla città e sotto di lei tutto il regno, anche dalle terre più lontane, erano arrivati tutti ad acclamare la salvatrice.

«Popolo del Regno delle 10 Terre, ce l'abbiamo fatta, abbiamo sconfitto Marshal ed ora insieme ritorneremo al nostro splendore, le nostre terre ricominceranno a dare frutti e le nostre città risorgeranno più belle di prima, un ringraziamento speciale però va a tutti quegli uomini e quelle donne che per portarci la liberà hanno perso la vita, tra loro c'era anche il mio compagno di viaggio Rock che mi ha accompagnata fin dall'inizio nella mia missione, lui mi ha insegnato cosa volesse dire essere la salvatrice, lui mi è sempre stato vicino ed ha dato la vita per le sue terre, adesso è il momento per ricordare ogni singola vittima di questa guerra,ogni eroe che ha combattuto e perso la sua vita per il regno, adesso è il momento per noi di ripartire e di evitare che cose del genere accadano in futuro, nessuno dovrà mai più avere un potere simile a quello di Marshal».

La folla la acclamava con grida ed applausi, lei li aveva salvati ed ora non restava altro che ricominciare.

Judit-la Salvatrice

Tutti tornarono alle loro vite, Michen tornò ad Origin assieme ai suoi genitori ma continuò a dare una mano al regno aiutando a ricostruire, Querell invece tornò da suo padre ma non si fermò lì, continuò la sua vita affianco di Judit alla Città di Diamante dove Judit venne eletta come protettrice del bene e Querell divenne cavaliere della pace.

Le città cominciarono a riprendere le loro forme mattone dopo mattone, casa dopo casa, tutti si impegnarono affinché il regno tornasse quello che era, ci sarebbero voluti anni per ricostruire tutto ma unendo le forze ce l'avrebbero fatta.

Adesso era tutto veramente finito? Judit era sicura che non sarebbe mai successa di nuovo una cosa simile ma bisogna sempre stare attenti perché i pericoli sono sempre dietro l'angolo.

Adesso tutto sembrava tranquillo e le vite ricominciavano a riprendere la loro normalità ma chissà se questa tranquillità resisterà per sempre.

Judit-la Salvatrice

Judit-la Salvatrice

Cenni sull'autore

JACOPO ROSOLINI

Sono nato ed abito a Carrara, una piccola ma bella cittadina nel nord della Toscana, ho 16 anni e studio presso l'istituto alberghiero ''G. Minuto'', questo libro è il primo che scrivo e per me è un inizio importante dato che scrivere un libro mi ha sempre attirato, adesso che sto finendo di scriverlo non so come andrà ma sono sicuro che dentro c'è anche un po' di me e della mia vita.

Judit-la Salvatrice

Indice

www.ingramcontent.com/pod-product-compliance
Ingram Content Group UK Ltd.
Pitfield, Milton Keynes, MK11 3LW, UK
UKHW020240250726
13967UKWH00001B/472

9 781326 608200